文春文庫

奇譚草子

夢枕獏

奇譚草子●目次

奇譚草子

奇譚草子

口上のこと

ガキの頃から奇妙な話が好きだったのである。

まるっきりの造り話から、これは本当だよと枕をふってから始まるそのての怪談話まで、舌舐《したな》めずりするほど好きだったのである。

山小屋で寝物語のつれづれに耳にした話もあるし、酒を飲みながら友人から聴かされた話もある。そのような話のいくつかを、今回からこのページで紹介することとなった。

これからぼくが書き連ねてゆく短い物語は、基本的には全《すべ》て伝聞した話である。ぼく自身が友人たちから聞かされたものがほとんどである。時おりは、ぼくの造ったまるっきりの架空の物語などもちらちらととり混ぜてゆくつもりなのだが、しかし、問題がいくつかあることに、書き始める直前になって気がついた。

それは、友人たちが、自分の体験（あるいは彼等の友人の体験）として話してくれた物語が、実はオリジナルではなく、もしかしたら、どこかで活字になっていたものである可能性も、ないわけではないということである。

そのような話を、ぼくの不勉強が原因で、このページで活字にしてしまったらどうしようかということに気がついたのだ。仮に、もし、そのような話があることにお気づきになった方がおられたら、その旨《むね》編集部まで手紙をいただきたい。できるだけの誠意をもって、対処させていただくつもりだ。それとは別に、自分はこのようなおもしろい話を知っているのだが、というような場合はぜひとも編集部までそのおもしろい話を送っていただきたい。それが涎《よだれ》を垂れ流してしまいそうなおもしろい話であれば、そういう話もぼくの伝聞した物語のひとつとして、無節操《むせっそう》にもこのページで書いてしまうつもりである。

御礼は、ぼくの新刊書をお送りすることくらいしかできないかもしれないし、その都《つ》度《ど》話を送って下さった方のお名前も紹介はできないかもしれないが、それでもかまわんよという方は、ぜひご一報を。

一本多い手の話

水野省一は福島県の出身である。

長身で顔もよく、女にもてた。

大学で教職課程をとっていたのだが、教師にはならずに卒業後はサラリーマンになった。都内にある中どころの出版社である。雑誌の編集部に入った。

そこでたちまち女ができた。

受付をやっていた、ふたつ年上の短大出の女である。

水野の方は遊びであったが、女の方が水野に夢中になった。月に何度かホテルで会っていたのが、いつの間にか水野のアパートに週末には押しかけ、下着まで洗濯するようになった。

すっかり、水野と一緒になるつもりでいるらしい。

いくら遊びとはいえ、ベッドの上では甘い言葉も囁《ささや》きはする。それを女の方は頭から信じてしまったのだ。

半年もたたないうちに、その女がうとましくなった。

八ヵ月ほどたった頃、水野に新しい女ができた。

卒業した大学の後輩である。

週末は、ほとんどその新しい女のアパートで過ごした。前の女には見向きもしなくなった。編集をやっていれば、女に会えない言いわけはいくらでもできた。

ある週末の晩。

水野は、新しい女のアパートに泊まった。初めてのことではない。

これまでにも何度も泊まっている。女のベッドで眠っていた。女も水野も全裸だった。ことが終って、そのまま裸で抱きあって寝た。

眠っていると、毛布の下で、しきりと女が身をよじる。

水野の左腕を枕に女は眠っているのだが、眠りながら甘い声をあげる。どちらも浅い眠りである。

「やめてよ」

と、女は半分眠りながら言った。

手が、女の腕や股間を撫《な》でている。

水野がまた求めて、合図を送ってきているのだと女は思ったらしい。女にその気はない。ひとしきり眠って、またその後でもう一度というのがいつものパターンである。

しかし、手はその動きを止めない。

指が、内部に潜《もぐ》り込んだ。

「痛い――」

女は眼を覚ましていた。

「やめて」

その声で水野も眼を覚ました。

「どうした」

と、女に訊《き》いた。

「そんなに強く触《さわ》らないで」

「触るって?」

「触ってるじゃない」

「おれは何も触ってないよ」

ほら、と、水野が毛布の下に潜っていた右手を差し出した。

水野のもう一本の腕は、女の頭の下にある。

なのに、自分の手ではないもう一本の手が、まだ女の身体をまさぐっている。

「じゃ、この手はなによ」

言ったとたんに女はぞっとした。

きゃっと声をあげて毛布を撥《は》ねのけた。

しかし、毛布の下には、自分たちの身体の他は何もない。

そんなことが三度もあった。

さすがに心配になった。

水野は、ひとりで、友人に紹介された占いをやっている女の所へ出かけた。

星占いや、手相を見るという占い師の女ではない。霊感で見るのだという。誰かの持ちものや顔写真を眺めるだけで、その誰かの過去や未来もわかるらしい。

その占い師の女性に会って、水野は、事情を話した。

話を聴き終え、しばらく水野の顔を見つめてから占い師の女性は言った。

「生霊《いきりょう》ですね」

「生霊?」

「あなた、最近、女のひとにひどいことをしませんでしたか——」

おもいあたることはひとつしかない。

水野は、新しい女の前につきあっていた女のことを話した。

「その女性ですね。その女性の生霊が、出てきているのです」

「何か、出なくする方法というのはありませんか」

「ありません」

と、占い師は言った。

「出なくなるまで気長に待つか、その以前つきあっていた女の人にあって、なっとくしてもらうしかありませんね」

「それで大丈夫でしょうか」

「いくら女の人がなっとくしても、それが表面だけのものなら、また出るでしょう。生霊の場合、本人がコントロールできないものがほとんどなのです」

水野は、しかし、そのまま女を放っておいた。

職場をかわった。

職場をかわったら三ヵ月もしないうちに、手は出なくなった。

それとなく、元の会社の同僚に訊《たず》ねたら、前の女に新しい男ができていたという話だった。

二階で縫いものをしていた祖母の話

高校三年の時のことだと言って、友人が語ってくれたのがこの話である。

友人は、五人家族であった。

長男である。両親と、自分と、妹がいて、もうひとり父方の祖母が一緒にひとつ屋根の下で暮らしていた。

家族の仲はよかった。

祖母と友人の母とはうまくやっていた。ぼくも一度会ったことのある、いつもにこにこしている婆さんだった。

年齢は、七十代の半ばである。

二階の、自分の部屋の前のえんがわで、友人の祖母はいつも縫いものをしていた。

しかし、友人だけは、この祖母と仲がよくなかった。喧嘩ばかりしていた。喧嘩にはなるが、一方的に怒鳴るのはいつも友人の方である。

祖母の方は、にこにこするだけでほとんど友人に怒った姿を見せたことはなかった。

友人は、そこがまた気に入らないのだという。喧嘩になると、ひどい言葉を、友人は祖母に浴びせた。

その晩も、祖母と喧嘩になった。

家族のいる前である。

家族は皆祖母の味方である。

孤立するのは友人であった。

「この糞婆《くそばば》あ」

友人は怒鳴った。

「死んじまえ！」

そう言って祖母の背を蹴《け》った。

そのまま二階に走ってあがった。

二階には自分の部屋がある。

部屋のドアを開《あ》けた。

部屋の灯りが点《つ》いていて、畳の中央に、和服姿の老婆が、友人に背をむけて座っていた。縫いものをしていた。

今、下で蹴とばしてきたばかりの祖母であった。

あれ、ととまどって友人は足を止めた。

祖母が、肩越しに友人をふりかえった。
怖い顔をしていた。
眼が吊りあがっている。
すごい眼で友人を睨《にら》んだ。
友人が初めて眼にする祖母の顔だった。
思わず声をあげかけたところで、祖母の姿が消えた。
「あれは、本当に恐かったよ」
と、友人は今でもその話になると言う。
生霊だろうという話だ。

こっちこいこっちこいの板の話

山北《やまきた》に、ヨシノブという友人がいる。

山の友人である。

そのヨシノブがまだ十代の大学生だった頃の話である。

そのヨシノブから電話があった。

これから、山に出かけるから、その前に会いたいというのである。

駅前の喫茶店にいるというので、ぼくはそこまで出かけて行った。

ヨシノブは、つきあっていた女にふられたばかりで、その傷心の山行《さんこう》であるのかと思ったが、喫茶店では女の話は少しもせずに、たあいのない山の話ばかりをした。

五月のことであった。

山にはまだ残雪が残っていて、春先気分の頃だ。

つきあおうかというぼくの申し出を断って、ヨシノブはひとりでキスリングを背負って出かけた。ぼくは小田原駅でヨシノブを見送った。

電車が来るまでの時間、小田原駅のホームに立って、ぼくとヨシノブはもう出ているはずのフキノトウの話ばかりをしていた。

ヨシノブが出かけたのは、長野県の北八ヶ岳である。茅野《ちの》からあがって、残雪の山麓《さんろく》をうろうろして四日ほどを過ごし、ヨシノブは麦草峠《むぎくさとうげ》に下《くだ》った。

カラ松の新緑が一番美しい頃だ。

その小舎《こや》の宿泊客は、その晩はヨシノブひとりだった。

夜おそくまで小舎の主人と話し込んで寝た。広い大部屋はいやだったので、ヨシノブは、わざわざせまい屋根裏の部屋で寝た。

その夜に、ヨシノブはうなされた。

寒いのである。

寒いのに汗が出る。冷たい汗だった。それが凍《こお》ったようになって身体をしめつけてくるのだという。

自分の歯の鳴る音がする。

その音が耳に聴こえているのに、金縛《かなしば》りにあって身体が動かない。

ひと晩中そんな思いをして、朝になってやっと楽になった。

朝食の時に、ヨシノブはそのことを小舎の主人に言った。

「あれが出たんですか」

と主人は言った。

「しばらくは出なかったんだけど――」

主人の話はこうである。

まだこの小舎を造っている頃のことだ。

小舎の上の山で遭難《そうなん》があった。冬山である。雪庇《せっぴ》が崩れ、崖から落ちて、三人の男が死んだ。

三人の死体が見つかって運ばれたのだが、そのうちのひとりの男の左手首がもげていて、その左手首だけが見つからなかったのだという。

「それがね、その年の春に見つかったんですよ」

と、主人は言った。

小舎の上に、毎年春まで残る雪溜りがあって、雪が溶けたあと、そこが水溜りになる。その水溜りにその左手首が浮いていたのだという。

見つけたのは小舎の主人である。

近くに、小舎を造るための角材が積んであったため、その角材のひとつを使って、その手首を手元にひきよせたのだという。

「こっちこいこっちこいってね」

小舎の主人はそうヨシノブにその動作をやってみせた。

その時の角材が、ちょうどヨシノブが泊まった屋根裏部屋の壁に使用されているのだという。

それで、その壁に近い所に眠った人が、時々ヨシノブのような目に会うらしい。

「おれの気持が弱っていた時だったからな」

と、ヨシノブがその話をしてくれたのは、一年くらいたってからだった。

いや、もう何というのか、自分でこのような話を始めておいて、今さらというわけではないが、あるわあるわ、色々と恐い話のあれこれが出てくるのである。短編にしたてられる話もたくさんあるし、どれも九十九乱蔵《つくもらんぞう》氏活躍するところの、闇狩り師シリーズ等の長編の小技《こわざ》としてぴったりのものばかりである。

いささかもったいないと思いつつ、虚実《きょじつ》とり混ぜて、やってゆこうと思う。

なあに、短編を後に長編に書きなおした例はいくらでもあるわけだし、このような小品をまた短編にする時には、こう書いた以上は何らかの工夫《くふう》をするわけだし、こうやって自分を追い込んでおくのも、もの書きのひとつのてではあるわけだ。

無節操にも、いつかこの中から小説をぶっ書くかもしれないよと言っておくのは、これは将来のための伏線である。

そのかわりに、出し惜しみはなしだ。

さて、今回の話である。

トンネルで振り返ったミチオの話

二十代の頃、ぼくはあちこちでバイトをしていたことがある。

これは、ぼくが日通で荷担《にかつ》ぎのバイトをしていた時に知り合った、川田という男がしてくれた話だ。

ぼくらの仕事場は、東海道線の鴨宮《かものみや》駅だった。小田原からひとつ東京寄りの駅で、正確には駅というより駅に隣接した、貨物の荷下ろし場である。

夏である。

皆ランニングシャツで仕事をする。

次から次へと入ってくるコンテナや貨車から、コーラの入った箱やセメント袋を担いで下ろすのだ。

気の遠くなるような作業ばかりだった。一日中、四〇キロもあるセメントの入った袋を下ろし続けた時には、汗にセメントがくっついて肌ががさがさのぬめぬめになる。

昼休みは、貨車の陰で弁当を喰べる。

やかんに入った冷たい麦茶を、皆でまわし飲みをする。やかんの中には、ごろんとしたでかい氷が入っていて、注ぎ口を直接口に咥《くわ》えて、それを飲むのだ。

海の話をした。

五、六人のバイトの人間が集まっていたのだが、今年はまだ誰も海に行っていないという。

いきてえなあ、と誰かが言い、女がいればなあ、とまた誰かが言った。

きらきらとした眩《まぶ》しい海を眺めるように、眼を細めて、ぼくらは海と女の話をした。

その時、

「実はさ——」

と、川田がこの話を始めたのである。

「おれ、海って二年前に行っただけなんだよな」

川田は、二年前のその頃、東京に住んでいた。

まだ学生だった。

大学で、フォークソングのバンドをやっていて、その仲間と、その年海に行ったのだという。

海へは車で行った。

「ミチオというのが、うちのバンドのリーダーでね……」

そのミチオが車のハンドルを握った。
場所は江の島である。
メンバーは五人。
女がふたり混じっていた。女のひとりはミチオの彼女で、その女が助手席である。
川田と他のふたりは後ろに座った。
七月の前半である。
江の島でたっぷり遊び、帰りは夜になった。
ついでに、混雑を避けて時間をとって食事をした。だから、帰りは深夜に近い。
車でメンバーが座った場所は行きと同じだ。川田は運転席の後ろの窓側である。
江の島から藤沢へ抜ける路だった。
今ほどの交通量はなく、対向車も少なかった。
山の中を通る道で、途中にトンネルがある。
その暗いトンネルの中ほどまで来た時、いきなりミチオが急ブレーキを踏んで叫んだ。
「やったっ」
どうしたと川田が問うのも聞かずに、ミチオはドアを開けて外に飛び出した。
皆は、車の中から、ミチオの姿を見ている。
人を撥《は》ねたのかと思ったが、そんな衝撃はなかった。

ヘッドライトは点《つ》いたままである。

その灯りの中で、ミチオは前のバンパーを見、前輪を覗き込む。

何も見つからない様子である。

そのミチオがヘッドライトの中で顔をあげて、皆のいる車内を外から見た。

その途端《とたん》に、ミチオの顔が一変した。

その顔に、みるみるうちに恐怖の表情が浮かんだ。

「もう、こんなに、ひきつっちゃってさあ――」

何かよほど恐いものを車の中に見たみたいだったと川田はぼくらに言った。

眼をむいてミチオは車の中を指差して、悲鳴をあげた。そのまま背を向けて、前方に向かって走り出した。

声をかけても止まらない。

川田が運転席に移り、車でミチオを追った。トンネルを出た所でミチオに追いついた。

車を降りて、ミチオをつかまえた。

ミチオは、誰が声をかけても答えずに、震え続けていた。

ミチオは、すっかり狂っていた。

「あれからなんか、気味が悪くてさあ、あのトンネルは通ってないし、なんとなく海にも行きそびれちゃってね――」

バンドはその年に解散して、メンバーの住所も今はわからないという。居場所がわかっているのは、東京の精神病院に今も入院しているミチオだけだということだ。

盆踊りに郷ひろみが来た話

迷ったのだが、おもしろいのでこの話をする。

迷ったというのは郷ひろみという実在の歌手が出てくる話だからで、こういった話にそういう歌手の名前を使うと時間が経った時、話が古くなってしまうからである。だが、『今昔物語』などでは、平気でそういう時の人らしい人物の名前が出てくる例もあるし、名前など記号のようなものだから、あえて書くことにした。郷ひろみだから、この話がおもしろいという部分も少なからずあるからである。

大学の友人に連れられて行ったクラブのママが、この話をしてくれたのだ。

「わたしね。昔ね、ジュリー（沢田研二・歌手）が好きだったのよ」

と、ママのクコちゃんが言った。

店には、友人とぼくとクコちゃんの三人だけだ。

水割りを飲んでいる。

「でさあ、ある時ね、凄《すご》い決心をしちゃってね、どうしてもジュリーに会おうと思ったの――」

クコちゃんの決心というのは、どこかのTV局で待ち伏せをしようという類《たぐい》のものではなかった。夢で会おうとしたのである。

「絶対に見てやるんだって――」

それで、ジュリーのレコードをその日一日中聴き、写真を眺め、そのことばかりを考えた。枕の下に、ジュリーの写真を入れ、沢田研二という名前を書いた紙も、枕の下に入れた。

その晩、夢に出て来たのが、沢田研二ではなく郷ひろみだったのだという。

場所は、東北にある彼女の実家である。

縁側が舞台で、そこに銀ラメの服を着た郷ひろみが立って歌を唄っている。

その歌に合わせ、実家の庭で、近所の人間が多勢集まって楽しそうに盆踊りを踊っている。

盆踊りが終って、郷ひろみとクコちゃんは握手をした。

「また来年も来ます」

郷ひろみは、クコちゃんの手を握ってそういった。

「そしたらね、ほんとに来ちゃったのよォ」

ぼくの水割りを作りながら、クコちゃんは言った。

翌年の同じ日の同じ晩の夢に、ちゃんと郷ひろみが同じ衣裳《いしょう》を着て出てきたのだという。

「ホントなんだから――」

クコちゃんは、ころころと笑いながらそう言った。

手に映ったサムライの顔の話

昭和五十二年から四年頃にかけてだったと思う。

その家を、ぼくらはハウスと呼んでいた。

ハウスは、ぼくがキマイラシリーズなどで時々利用する南町にあった。木造の一戸《いっこ》建《だ》てで、二階家である。ハウスを出て、一分も歩けば荒久の海岸である。夜には海の音が聴こえてくる。

ハウスは、何人かの仲間がお金を出し合って借りた家で、その中には女の子も混じっていた。

学生運動やら、ヒッピーやらと、色々なものがぼくらの周辺にあった。

そういう自由人の仲間がハウスには集まっていた。

バンドをやったり、演劇をやったりする人間が多かった。

皆、家には帰らず、そのハウスで泊まり、このハウスからバイトに出かけ、そのハウスで恋もし、失恋もした。

ぼくは、そのハウスのメンバーではなかったのだが、メンバーの何人かが知り合いで、何度かハウスにあがったことがある。

ぼくは音痴もいいところで、それまでは歌やバンドなどというものとはほとんど縁のなかった人間だ。演劇も、お金を払って見に行ったことは一度もない。

そのぼくが、異分子のようにハウスに顔を出したというのには理由がある。

メンバーのひとりの、タキさんが、ぼくは好きだったからである。好き、といっても、タキさんは、滝村秀一というれっきとした男である。ホモの趣味は、ぼくにはない。

タキさんを、ぼくは好きだったけれど、恐かった。何が恐いかというと彼に嫌われるのがぼくは恐かったのだ。

彼に嫌われるような人間にだけは、ぼくはなりたくなかった。彼が嫌うような人間は、人間のクズに違いないとぼくは信じていたからである。

彼は、髪を背中まで垂らしたとてもナイーブな青年だった。ぼくなどが悪い心を抱くと、彼にだけはすぐばれてしまうような気がした。

タキさんはそんな眼をしていたのである。

そのハウスに、幽霊が出るという。

幽霊が出るのは二階の和室で、みんながごろごろ転がって眠ったりしている部屋である。

夜半に、寝苦しくて眼を開けると、部屋の中を、白い服を着た人間が歩いているのを見たりする。

「おかしいね」

ひとりがそのことを言うと、自分もそうだ、自分も見たという人間ばかりである。

で、ある晩に、コックリさんをやった。

紙に、アイウエオの文字を全部書いて、その上にコップを伏せて、そのコップに三、四人で指先をあてる。するとコップが動いてひとつずつの文字の上で止まる。それが意味のある言葉になるのである。

ぼくは、その場にいなかったのだが、そこにいたメンバーのひとりから、その晩の話を聴かされたのだ。

始め、コップは、意味のわからない動きばかりをしていた。

意味がひろえたのは、

サムライ

シンダ

クビ

そういう言葉くらいだった。

場所は、もちろん、ハウスの二階の和室である。

そのうちに、何気なく床《とこ》の間《ま》の方に眼をやった人間が、

「出たよ」

そう囁《ささや》いた。

「床の間——」

コックリさんをやめて皆が床の間に視線を移すと、そこに、サムライらしい男の顔が現われていた。

髪は乱れて左右に落ちている。

「あなたは誰ですか——」

訊いたのはタキさんである。

しかし、その顔は答えない。

ただ、皆の顔を見ている。

そのうちに、タキさんが四《よ》つん這《ば》いになって、床の間まで這って行った。

顔は、絵などぶら下げてない床の間の壁に直接出ている。

タキさんは、その顔にすっと左手を伸ばした。

「やめなよ」

と、皆が言うのにやめようとしない。

その顔に手で触れた。

その途端に、ふっと、その顔が消えた。

「あ」

「消えた」

皆が言っていると、膝立ちになったタキさんが、

「ここにいるよ」

静かにつぶやいて、左手を差し出した。

さっきの床の間にあった顔が、小さくなって、タキさんの左手の甲に現われていたのである。

顔は、数分で見えなくなったという。

その日から、タキさんは、肉を食べなくなり、菜食になった。

長い髪を、頭の後ろで束ねてヒモで結んだ。

歩き方や、座り方まで、武士みたいになったという。

ぼくが、その幽霊の話を聴いたのはずっと後になってからだが、タキさんが、髪を後ろで束ねていたのも、菜食主義者になったのもちゃんと知っている。

「何で気味の悪い幽霊の顔なんか触ろうとしたの――」

ある時、ぼくはタキさんに訊いた。

「見ても、オレ、信じられなくてさ。それで本当にそこにいるのかどうか、触ってみた

んだけど——」

タキさんは、笑いながら言った。

ざらっとした壁の感触があっただけだという。

何度も雪の中に埋めた死体の話

さて、この話をする前に、ひとつことわっておかねばならないことがある。

それは、この話を、ぼくが、いったいいつどこでしこんだのかという記憶がまったくないということである。友人から聴いたのか、ラジオで耳にしたのか、あるいはまた何かの本の活字で眼にしたのか——。

何年も前から気になっていて、小説にする機会も一度ならずあったのだが、もし、誰かの手になるフィクションであった場合は盗作となってしまうので、これまで原稿にするのをためらっていたのである。

これまで、こういった方面には詳《くわ》しい友人や知人に色々と訊《き》いてはみたのだが、誰も心あたりはないという。家にあるショートショート集やら怪談の本などをひっぱり出して調べたのだが、やはり、ない。

それならばということで、ここで活字にしてしまうわけなのだが、無知な夢枕獏の反則に気がついた方は、御一報を。

で、山の話である。

寒い雪の夜に、山小屋のストーブを囲みながら、山仲間の友人からこれを聴いたという、そのあたりの設定でこの話を始めたい。

その時の灯りは、上の梁《はり》からぶら下がったランプがひとつ。

水割りのグラスがテーブルの上にいくつか載《の》っていて、横手の窓ガラスに雪片がさらさらとぶつかってくる。

吹雪《ふぶき》である。

窓の桟《さん》には、高く雪が積もっている。

酒を飲みながら、山の話や、女の話をとりとめなくしているうちに、いつの間にか、話題は恐い話になっている。

ふたつみっつの怪談話を終えたところで、いよいよ、それぞれのとっておきの恐い話が出始めるあたりである。

外はしんしんと雪だ。

「でね――」

と、ぼくに山を教えてくれた後藤センセイあたりが、水割りをちびりとやって身をのり出すわけだ。

ぼくと一緒にその話を聞いているのは、やはり山仲間の平野ちゃんである。

「その男は、友だちを殺しちゃったんだ——」

後藤センセイが言う。

ぼくと平野ちゃんは、ごくりとたぶん唾《つば》くらいは呑《の》み込み、鼻ひとつ身をのり出してうなずく。

こういう話である。

ふたりの男が、雪山に入った。

仮に、その男の名前を、高野と木村としておく。

ふたりは友人である。

入山の期間は四日の予定である。

食糧は、六日分の用意があった。

三日目、山の頂《いただき》に立った時から天候が変わり始めて吹雪になった。雪の量が多く、歩くスピードはいつもの半分である。ラッセルがきつい。新雪雪崩《なだ》れの危険もある。

尾根の途中で夜になった。

幸《さいわ》いにも、その尾根には無人の小屋があった。

誰かが営業している小屋ではない。夏場に、雨にやられたり、尾根の途中で陽が暮れたりした時に潜《もぐ》り込むことができる小屋だ。水場も炊事場《すいじば》もない、ただ周囲を囲って屋根をつけただけの無人小屋である。

ふたりは、半分雪に埋もれた小屋の入口を掘り出してそこから中に入った。

むろん、小屋に食糧の用意はない。食べるものは、自分たちが用意してきたものだけだ。ふたりで三日半ほど喰いつなげる。もしものことを考えて量を減らせば、五日は持つ。

ところが、吹雪は五日続いた。

食糧をきりつめたので、あと、一日分くらいはまだ喰べるものが残っている。

しかし、身体が衰弱《すいじゃく》していた。

寒い。

唯一の暖房は、自分の体温である。しかし、体温を保つためには、充分な食糧が必要である。

三日目から、ふたりは小屋の板をピッケルではがし、夜になるとそれを燃して暖《だん》をとった。

それでも寒い。

吹雪はいつ止むかわからない。

もう一日吹雪が続けば、待っているのは死である。

今日、吹雪が止んでも、雪崩れの心配がなくなるまで、雪がしまるのを一日は待つ必要がある。

それで五日目の晩に、とうとう高野が木村を殺してしまったというのである。

後方から、ピッケルで木村の脳天を叩いた。

それでふたり分の食糧が高野のものになったことになる。

しかし、火にあたっていると、横に転がっている木村の死体がいやでも目に入ってくる。自分の友人である。しかも自分が殺した死体である。

さすがに気分が悪くなって、高野は、木村の死体を小屋の外にかつぎ出した。携帯用のスコップで雪に穴を掘り、そこに木村の死体を埋めた。

それでも罪の意識が消えたわけではない。寒い所に埋められている木村が、雪の下から這《は》い出し、今にも戸を開けて、火にあたらせてくれと入ってきそうな気がしている。

火にあたっているうちに、高野はうとうとした。

ふと、不思議な気配で眼を覚ました高野は驚いた。

なんと、自分の横に、埋めたはずの木村が座って火を眺めているのである。

「木村……」

木村は答えない。

おそるおそる手を触れてみれば氷のように冷たい。木村は死んだままだ。髪には血がからんでいる。

がくがくと膝を鳴らしながら、高野は木村の死体を抱えて外に出た。死体はすでに堅くなっていて、腰を下ろした格好のままだ。

自分が木村を埋めたはずの場所に穴が空《あ》いていて、そこに、もう雪が積もっている。

その穴に木村を放り込んで雪をかぶせた。

小屋にもどった。

ひどく疲れていた。火にあたっているうちにうとうととした。ふと、眼を醒ます。

高野は今度は悲鳴をあげた。

また自分の横に、木村の死体が座って火を見つめているのである。

高野は、再び木村を抱えて外に出、その死体を埋めた。

身体は疲れ果てている。

火にあたっていると、やはりすぐに眠くなる。眠くなると、また木村のやつが這い出てくるからと、必死で起きていようとするのだが、どうしても眠い。

いつの間にかうとうととしている。

ふと気がつくと、また木村の死体が、自分の横に座っている……。

「それで――」

と、最初に訊くのは、きっと平野ちゃんではなく、ぼくの方である。

後藤センセイは、水割りのおかわりなどを自分で作りながら、おもむろに話の続きを始めるのだろうが、ここでは、まず結論から言ってしまおう。

高野が救出されたのは、それから二日後の昼である。

地元山岳隊のメンバーで構成された捜索隊が、その小屋の前までやってきた時、スコップで雪を掘っている高野を発見した。

高野は、捜索隊にも気がつかず、雪を掘っていた。

「どうしたんですか――」

おかしいと思った隊員のひとりが、高野の肩をゆすって言った。

それでも、高野は雪を掘るのをやめない。

「この下に、友だちが埋められてるんです。雪の中で寒い寒いと言ってるんですよ。だから、掘り出して小屋の中へ入れてあげないと――」

高野は、隊員の見ている前で、木村の死体を掘り出し、その雪まみれの身体を抱えて小屋の中に入り、もうとっくに消えている焚火《たきび》の前に木村を座らせて、ふいに眠り込んでしまったのだという。

次に高野が眼覚めたのは、病院のベッドの上である。

そこで、高野は、友人を殺したことを白状した。

結局、雪に埋められていた木村の死体を掘り出して、火のそばに運んでいたのは、実は、その死体を埋めた高野本人であったということになる。

火にあたって眠くなると、罪の意識――高野の良心が眼覚め、眠っているうちに木村の死体を掘り出して、火のそばに座らせていたらしい。

夢遊病者が、眠っているうちに起き出して行動し、朝眼覚めてみると、少しもそのことを覚えてないのと同じ現象である。

高野も、むろん、死体を掘り出したことは覚えていない。

夜になるとやってくる小人の話

昔、小田原に住んでいたぼくの友人のキクオから聴かされた話である。

夜になると来るのだと、キクオはぼくに言った。

ぼくの部屋で、推理小説の話やＳＦの話をしていた時のことだと思う。夜で、コーラか何かを飲みながらであったはずだ。

まだ高校生であったから、ビールではない。

宇宙に果てはあるのかというお決まりの熱っぽい議論をひとしきりした後、話はいつのまにか受験のことに移っていたように思う。

その時に、キクオが、夜になると来るという、その話をしたのである。

「何が来るの？」

ぼくは訊いた。

「小人」

と、キクオが言う。

「小人って、あの小人?」

「そう、小人だよ」

キクオの寝ている部屋は、川のすぐそばである。

部屋の隅に、SFやら推理小説やらがぎっしり詰め込まれた本箱が〝コ〟の字形に置いてあり、その間に頭をつっ込むようにして、キクオはいつも眠っている。

そうやって眠ると、川は右手を流れることになる。家は、川の土手ぎりぎりに建っているので、窓を開ければすぐ下に水面を見ることができる。

川の上で眠っているようなものだ。

ぼくも何度かその部屋で眠ったことがあるが、眼を閉じると、枕の下で川の瀬音がしているような気分になる。

「最近は、毎晩のように来るよ」

顔色も変えずに言う。

夜遅くまで勉強をし、その後、キクオは眠くなるまで床の中で本を読む。

すると、夜半に、小人がやって来るのだという。

小人がやって来ると、気配でわかる。

小人がやって来るのは、必ず足元である。その気配に気がついて、キクオは夜半に眼を開ける。すると、足元の畳の上に、その小人が立っている。

坊主である。

身長は三〇センチくらいで、白い服を着ている。

キクオは起きあがろうとするのだが、金縛《かなしば》りにあったように動かない。

そのうちに、すうっと足元が寒くなる。

足元の蒲団《ふとん》が持ちあがって、その透《す》き間《ま》から外気が入り込んでくるのである。

見ると、小人が、蒲団の端の角をつかんで、すっ、すっ、と上に持ちあげている。

その度に、すっ、すっ、とその透き間から外気が入り込んでくるのである。

そのうちに、小人は消えてしまい、いつの間にかキクオも眠ってしまう。

話と言えば、それだけの話である。

その小人がいつ出なくなったのか、キクオからは聴き洩《も》らしているのだが、ぼくの部屋で、真面目な顔で、

「すっ、すっ」

と言っていたキクオの声と表情は、今でも覚えている。

ちょうちんが割れた話

せんちゃんは、小田原の久野《くの》に住んでいた。

現在のぼくの家の近くだ。

せんちゃんのおばあちゃんは霊がわかるのだということを、学生時代に、ぼくはせんちゃんから何度か耳にしたことがある。

せんちゃんは、ぼくと同い年の女性で、お墓の近くにその家が建っていた。

毎年、お盆になると、せんちゃんの家では、仏壇《ぶつだん》のそばの窓からちょうちんをぶら下げるのだが、これは、そのお盆の時の話だ。

さて、そのお盆の夕方、

「ちいちゃんが来ているよ」

と、おばあちゃんが言った。

ちいちゃんというのは、せんちゃんが生まれる一年前に、四歳で死んでしまったせんちゃんのお姉さんのことである。

「ほんと？」

せんちゃんも、家のものも信用しない。

「来ているよ。さっきからこの家の中を歩いてるよ」

「見えるの？」

「見えないけど、わたしにはわかるのよ」

「まさかあ」

いくらお盆であってもと、誰もおばあちゃんのいうことを信用しない。

おばあちゃんは、部屋のどこかへ視線を向けて言った。

「ちいちゃん、ちいちゃん、来ているんでしょう。来ているんなら、来ているんだってことを、みんなに教えてあげて――」

そうおばあちゃんが言った時、ぶら下げてあったちょうちんが、突然、真ん中からばかりと割れたのだという。

これも、それだけの話だ。

走ってゆく足跡の話

ぼく自身がそういうタイプの人間だからよくわかるのだが、都会で楽しくやっている時には山へなんか行きたがらないのに、悲しいことがあったりすると、ザックを背負ってふらりと山へ出かけてしまう人間がいる。

ブラさんがそうだった。

ブラさんというのは、ぼくがまだ学生の頃、同じ山小屋で働いていた三歳年上の男である。

一八七センチも上背《うわぜい》があって、優しい眼をしていた。ひょろりとしているくせに、力は強くて、買い出しの時には、ぼくよりも一〇キロくらいはよけいに荷をかついだ。

そのブラさんから電話があったのは、ぼくが、松本市内で廃品回収のバイトをしていた時である。

ぼくは、その時、もう大学を卒業していて、小さなノートを抱えては、そのノートにせっせとヘタクソな小説を書きつらねていた。

六月——。

雨がふっていた。

ぼくは、友人のアパートに転がり込んでごろごろしながら、何度も何度も、同じマンガ週刊誌に眼を通しては、友人とぼんやりまだ行ったことのない外国の山の話なんかを飽きもせずに語りあったりしていた。

雨が降れば廃品回収のバイトは休みと勝手に決めていたのである。

そこへブラさんから電話があった。

「今どこにいるの?」

ぼくが訊くと、

「松本駅」

という短いブラさんの言葉が聞こえてきた。

「一時間くらい時間があるんだけれど、会えないかなあ——」

ひかえ目な声でつぶやいた。

久しぶりに山に入ることにしたのだが、新島々《しんしましま》発のバスまでに、まだ時間があって、これから電車で行っても時間が余ってしまうのだという。

二年ぶりに聞くブラさんの声だった。

ブラさんは、山を降りてから、ずっと東京に住んでいる。

日通や、地下鉄の工事現場やら、そういう所でバイトをしながらの生活である。

ブラさんは、ぼくの知っている、汚れた大きなザックを背負って、ぽつんと松本駅前に立って、ぼくを待っていた。

ぼくらは近くの喫茶店に入って話をした。

「急に、どうしたのよ」

「うん。突然にさ、また山なんかうろうろと歩きたくなっちゃってねえ——」

カラ松の新緑がいちばん美しい頃で、雨に濡《ぬ》れたその色をぼくは思った。

ぼくらは、コーヒーを飲みながら、ぽつりぽつりと一時間近くも色々な話をした。

ブラさんは、いつもと同じようにもの静かだったけれど、以前に会った時よりも痩《や》せ、顔色もよくなかった。すぐにも死んでしまいそうな病人みたいだった。

「実はさあ——」

と、ブラさんがようやくその話を切り出したのは、そろそろ出ないとバスに間に合わない時間になってからだった。

「おれ、ふられちゃってさ——」

ブラさんはそう言って、ぼくも知っている女性の名前を口にした。以前、ブラさんと一緒に働いていた山小屋で、やはり一緒に働いていた女性の名前である。

「へえ——」

ぼくは、驚いた。

そんなことなど少しも知らなかったからだ。

その彼女は、あまり目立たなかったけれど、いつももくもくと洗濯やら、掃除やらの仕事をこなしていた娘《こ》だった。山女《やまおんな》というよりは、街のどこかでＯＬでもやっていそうなタイプの娘で、事実、山にはほとんど登ったことがないと自分でも言っていた。

つらい恋をして、街にいられずに山に働きに来たのだろうと、そんな女性が多かったから、ぼくらは勝手にそんなことを想像していたのである。

その彼女とブラさんが、山を降りてから東京でばったり再会し、二ヵ月後には同棲生活が始まってしまったのだという。

ぼくらが山で想像していたのは、ほとんど事実だった。

彼女は、勤務先の、妻子ある上司と恋をし、結局、その恋を清算するかたちで勤め先をやめ、山に入ったのだという。

「その男と、彼女と、またつきあうようになっちゃってさあ——」

その時ぼくは、はじめて、ブラさんがその眼に涙を溜めていることに気がついたのだった。

話はそこまでで、ブラさんは、のっそりと立ちあがった。

バスの時間がせまっていたからである。

彼女とブラさんに何があったのか、どのような別れ方をしたのか、結局ぼくは今でも知らないままだ。

「じゃ――」

そう言って傘もささずに背を向けたブラさんのザックが人込みの中に消えてゆくまで、ぼくはその後ろ姿を見つめていた。

ブラさんは、島々宿から、直接歩いて山に入った。

昔、上高地に入る人間が歩いた道である。高村光太郎や、光太郎に会いに来た長沼智恵子が、ひそひそと足で踏みしめて行った道だ。

雨である。

その林道を歩いていると、ブラさんは妙なことに気がついた。すぐ眼の先の地面を、ぴちゃぴちゃと何かが歩いているようなのだ。雨の落ちるのとも違う、もっと別の何かが、ブラさんの数歩先の地面を叩《たた》くように歩いている。

見えない子供が、素足で雨の中を歩いているようだった。

島々谷と林道との分かれ道まで来た所で、その足跡は、ブラさんの行こうとした島々谷とは別の方向へと消えた。

その晩、ブラさんは、徳本峠《とくごうとうげ》の小屋に泊まった。

その翌日に、ブラさんは、またその足跡を見た。

やはり雨で、すぐ先の地面を、その足跡が踏んでゆく。

奥上高地の明神まで下った時に、その足跡は左手の上高地方面に消えた。ブラさんは、それとは逆の、右手の徳沢へ向かった。

それからの三日間もやはり雨で、やはり足跡は度々現われた。

それも、決まって、分かれ道の手前で、ブラさんとは反対の方向へその足跡は駆けてゆく。

最後にブラさんがその足跡を見たのは、五日目の晩であった。

泊まったのは、山小屋ではない。

テントである。

道の横手に、大きな岩壁があり、その下部が大きく内側にえぐれている場所である。

そこまでは雨も吹き込まず、その岩のえぐれの中に、ブラさんはテントを張った。

その真夜中だ。

ぴちゃぴちゃという音で、ブラさんは眼を覚《さ》ました。

これまでとは違うリズムだった。

はっきり雨ではない音だとわかる。

いつまでもその足音がやまない。

気になって、ブラさんは、懐中電灯を持ってテントの外へ出た。

灯りを向けると、濡れた地面の上で、狂ったように何かが踊っている。速い足踏みをし、いきなり、灯りの届かない向こうの方へと走り出したりする。むろんその姿は見えない。

灯りの中で、ぴちゃぴちゃとはねるしぶきが見えるだけだ。

さすがにブラさんが気味悪くなったその時だ。

ブラさんの後方で、大きな音がした。

岩が落ちる音である。

ブラさんが後方を振り返ると、内側にえぐれた岩壁の天井が崩れ、大きな岩がテントを潰《つぶ》していた。

この話を聞いたのは、次にブラさんに会った、二年後である。

場所は新宿の、飲み屋のカウンターである。

郷里で会った見合の相手と観念して結婚することになったと、ぼくは、ブラさんから

その場所で報告を受けたのだった。

あの、山での足跡と、落ちてきた岩の話をし、

「あれは何だったのかなあ——」

ブラさんはそう言って酒を飲んだ。

ちいさく笑ってぼくを見た。

「ついにおれも観念したんだけどさ——」

また酒を飲み、

「おまえもそろそろ観念しろよ」

また酒を飲んだ。

ぼくらは、その晩、何軒かハシゴをし、かなりの酒を飲んだ。

互いにそれほど悪い酒ではなかったように思う。

ぼくは、それから数年は、まだじたばたとし、結局観念したのは三十歳になってからだった。

おいでおいでの手と人形の話

「出るのよ」

と、E子は言った。

ぼくは最初、それが、このての恐い話だとは思わなかった。

それほど凝《こ》った前置きも何もなく、あっけらかんと、彼女が話を始めたからである。

彼女は、イラストレーターをやっている。

ぼくらの書くような小説の挿《さ》し絵を描いたり、時にはテレビの仕事などもこなす。

仕事をするのはほとんど夜で、時には朝方まで机に向かって仕事をする。

それで真夜中過ぎ頃に、首筋がむず痒《がゆ》くなるのだという。首筋がむず痒くなって、背が寒くなる。

「また来たな、って思って、後ろを振り返るとね、そこに出ているのよ——」

彼女の家は、二間のアパートである。

そのうちの一部屋を仕事場に、もう一部屋を寝室に使っている。和室に絨毯《じゅうたん》を敷いて、洋室風に使っているのである。

ふたつの部屋はふすまで仕切られ、ふすまの上は、珍らしい欄間《らんま》になっている。

その欄間の飾り板の間から、一本の裸の右腕が二の腕あたりまで出ていて、その手がおいでおいでをするように、ひらひらと揺れているのだという。

「恐くはないの?」

ぼくは聞いた。

「恐いけど、よく出てくるし……」

仕事のしめ切りが迫って来る方が恐くて、仕事をしているうちに、いつの間にかその手は消えてしまっているのだという。

手だけではない。

振り向いた時に、人形が出ている時もあるという。

ちょうど、彼女が仕事をして机に向かうと背中を向ける方向に(つまり、手の出てきた欄間のあるふすまのそばだ)、お客が来た時に出す椅子が置いてあって、その上に人形が座っているのだという。

幼児ほどの大きな外国製の人形で、青い眼をしていて、金髪である。赤い唇の内側に白い歯までがちゃんとある人形だ。

その人形が座って、青い眼でじっと彼女を見ているのだそうだ。

イメージとしては、かなり恐い。

やはりその人形も、仕事をしているうちに、いつの間にか消えてしまうのだという、それだけと言えば、それだけの話である。

おとうさんの〝おい、こら〟の話

「今だから言うんだけど——」

と、ぼくが時々カンヅメになるホテルのティールームで、エミちゃんが突然に言い出したのである。

エミちゃんは、もう十年以上も前、ぼくと同じ大学の同じ学部で、わいわいとやっていた仲間だ。学生運動がにぎやかな頃で、機動隊のうった催涙弾が青空に向かって弧を描いて飛んでいったりするのを、キャンパスで一緒に眺めていたこともある。

「人が死ぬ時、ちゃんとわかるのよ」

え?

と、ぼくが問うまでもなく、エミちゃんが話し出した。

「あの人の時も——」

その人の時も、この人の時もそうだったと、ぼくも知っているすでに死んだ人の名前をあげて、言うのである。

何故《なぜ》わかるかというと、死ぬ前に知らせにくるのだそうだ。

夜、自分の部屋で眠っていると、足音が聞こえてくるのだという。外の廊下を、みしみしと人の歩く気配がして、その足音が、戸も開けずに部屋の中に入ってくるのだ。

そして、彼女の枕元に、そのひとが座る気配までわかるのだという。姿は見えないのだけれど、それが誰だかわかる。

それから間もなくか、翌朝になって、その人が死んだという連絡が入ってくるのだ。

ずっと前からそうだったという。

スプーンは曲げられないが、何度かは事故や地震を予知したこともあり、待ち合わせをしても、相手がどれだけ遅れてくるか、今、どこにいるか、わかる時もかなりあるという。

誰にもそういう能力があると思っていたのだが、そうではないとわかったのが中学の時なのだそうだ。友人に話して、おかしな顔をされて、そのことがわかったのだという。

その時以来、めったに人には話さないらしい。

「小学校の時に死んだ、お父さんの血をひいてるんだと思う」

と、エミちゃんは言った。

やはり、病気で入院していた父親が死ぬ時、エミちゃんのところへやってきたのだという。

「今、病院からお父さんが来たよ」

起きあがって、家の者にそう言っても、誰も信用しない。

父親の容態が悪化して、急に死んだという知らせが届いたのは、その日のうちだった。

自分にはとても優しい父親で、

〝おい、こら〟

よく、そう言って怒られたことがあると、エミちゃんはなつかしそうに言った。

高校の時に、眠っていると、何か人ではない色々なものが、自分の周囲に集まってきたことがあったという。耳元で笑い声がしたり、蒲団《ふとん》の上に何かが乗ってきたり、どたどたと周囲を走りまわったりする。身体が金縛《かなしば》りにあって動かない。

その時に、足音がした。

「おい、こらっ！」

その足音の主が、大きな声で怒鳴ったとたんに、エミちゃんの周囲で騒いでいたものが、嘘《うそ》のように消えてしまったという。

「お父さんの声だったわ、あれ」

紅茶を飲みながらエミちゃんがそう言ったというそれだけの話である。

いい話だ。

続・何度も雪の中に埋めた死体の話

実は、である。

前に「何度も雪の中に埋めた死体の話」というのを書いたのだが、それについて、読者から三通の手紙をいただいてしまった。

二通を編集部の方にいただき、一通を直接ぼくの方にいただいた。

少し説明をする。

前記の話を書く前に、ぼくは次のような前置きをした。

〝さて、この話をする前に、ひとつことわっておかねばならないことがある。

それは、この話を、ぼくが、いったいいつどこでしこんだのかという記憶がまったくないということである。友人から聴いたのか、ラジオで耳にしたのか、あるいはまた何かの本の活字で眼にしたのか――〟

話の内容をこういう方面にはくわしい友人にしたりして、色々調べたのだがわからず、それならばということで活字にすることにしたのだが、よくできた話なので、もしや原典があるのではという不安がぬぐえず、そのような前置きをし、〃無知な夢枕獏の反則に気がついた方は、御一報を〃と念を押して、話をしたのだが、〃無知な夢枕獏〃を天下にひけらかすことになってしまったのだった。

いや、お恥かしい。

ぼくがしたのは、雪山で遭難したふたりの男が山小屋に閉じ込められる話である。閉じ込められ、一日、二日経っても雪はやまず、食糧は少なくなり、一方の男が生きのびるため連れの男を殺して雪の中に埋めてしまう。しかし、罪の意識から、眠っている間に夢遊病者のように埋めた男を掘りおこして小屋の中に運んでくるのだが、眼覚めた時には、眠っている間に自分が何をしたのか覚えてはおらず、埋めたはずの死体が小屋の中にあるのにびっくりする。またその死体を埋める。その死体を眠っている間にまた掘りおこし——というような話であった。

で、投書をいただいてしまったというわけなのである。

手紙を下さったのは東京都のIさんと、同じく東京都のEさん、そして埼玉県のMさんである。

IさんとEさんの意見は同じで、ぼくが記《しる》した話と、創元推理文庫の『怪奇小説傑作集2』の「テーブルを前にした死骸」（サムエル・ホプキンス・アダムズ）とがよく似ているのではないか、との御指摘であった。

Mさんの御指摘では、「何度も――」が、KKベストセラーズ『世界の怪談』の「生きている死体」(作者名の記載なし)とよく似ているとのことであった。

IさんとEさんからは、「テーブルを前にした死骸」のコピーまでいただいてしまった。

で、気がついたのだが、ぼくは過去において間違いなくこの「テーブルを前にした死骸」を読んでいるのである。それだけではなく、家にちゃんとその本もあり、今回の話を始めるにあたって、なんとその本を手に取って眼を通してまでいるのである。

なのに何故《なぜ》わからなかったのか。

ああ。

それはぼくの調べ方がいい加減だったからである。ショートショート集やら、他の文献やら何やらをどっさりと眺めているうちに疲れてきて、ついつい、調べの手を抜いてしまったのである。いそがしいのに、こんなことで半日も時間がつぶれてしまったと弱《よわ》音《ね》を吐いてしまい、つい、後半の方はタイトルと、書き出しのあたりしか眼を通さないというそういうことをやってしまったのだ。

ばかばかばか。

「テーブルを前にした死骸」では、ふたりの男は、カーニイとエスティロウという外人の測量技師である。

ぼくの話と違う点と言うと、Eさんの御指摘を借りれば、
食糧をあらそう話がないこと。

殺人ではなく自然死であること。

生き残った方が自殺をしたこと。

くらいで、基本的なところは同じである。

で、もうひとつの「生きている死体」の方なのだが、残念ながらこちらの方はぼくは読んではおらず、したがってどのような話であるのかはわからない。「テーブルを前にした死骸」と、訳出タイトルは違うけれども同じ話である可能性もあるが、現時点ではまだその確認をしていない。

それにしても、恥かしい、不思議な体験だった。まだ、どこか、ぼくとしては納得がいかないものがあるのだよ。

Iさんの手紙が興味深かったので、以下に、いじらしくも夢枕獏はその一部をここに引用してしまうのである。


(略) この「テーブルを前にした死骸」のストーリーは、この作品を読む前から知っていたような気がするのです。

しかも、そのあとこのストーリーがこのアンソロジーに収録されていたこともしばらく忘れておりました。

今回、大兄の「奇譚草子」の冒頭を読んだ時、小生はなぜ大兄と同じ記憶を持っているのかと怕《こわ》いような不思議な気分に襲われたくらいです。

そこで、なんとか幽《かす》かな記憶をたよってこの本を捜しだしたというわけなのです。

この作品「テーブルを……」を読み直して驚いたことには、ここでも冒頭で作者が、この物語の原典を、

「すでに忘れ去られた作者が、忘れられた誌上に載せたものだったかもしれない」

と、ことわっていることです。

小生は怕くなってきました。

もしかすると、この物語のベースとなっているフィクションなどは、この世には存在せず、それは無意識の領界を通じて特定の人々の頭の中に語られてくる物語ではないだろうか。見えざる語りべが人々の夢の中で伝えていく異次元のフォークロアではないだろうか……。（略）

もしかすると、これが夢枕獏の狙いではないだろうか。「反則」どころか、「テーブルを……」のことも何もかもご承知の上で、書き出しの部分から緻密《ちみつ》なパロディをやり、原典を知っている読者に『異次元のフォークロア』を感じさせる効果を与

えるという実験的な試みだったのではないだろうか。何もかもご存知の上で、投書好きのオバサンや怪談マニアを参加させようとする試みだったのではないだろうか……。

などというのはジョークでありますが。

自分に都合のいい部分のみの引用でいささか、心苦しいのだが、このお手紙のＩさんは、実は『ショートショートランド』などで作品を発表されていた方である。

こうなってくると「テーブルを前にした死骸」と「生きている死体」との作者が別人であれば、話はおもしろくなるのだろうが、がっかりするといけないので自分では調べないのである。

どっとはらい。

二階のお客さんに出す食事の話

高野安江は、美容師の見習いをやっている。二十歳である。

町田市に実家があり、そこから職場の美容院に通っている。

安江には、八歳年齢の離れた姉がいる。

姉は三年前に山形県の男と見合い結婚をし、二年前に離婚をしてもどってきた。むこうの両親とおりあいが悪かったらしい。

もどってきて、もとの姓《せい》になったのだが、姉は仕事につかずに家の手伝いなどをして暮らしていた。

二階建てで、二階に八畳間がひとつあり、一階に、やはり八畳間と、四畳半がある。

二階の八畳間を姉が使い、下の八畳間を両親、四畳半を安江が使っている。

他には、台所もかねた居間があるだけである。

姉の奇妙な行動に最初に気がついたのは安江である。

一週間に、一度か二度、姉がおかしなことをするのである。

食事の仕度《したく》は、姉と母親がやることになっているのだが、どうかすると、姉が何人分か余計に夜の食事の用意をするのである。

当然、その食事は余る。

その余ったものを、食事がすんでしばらくしたあと、安江がつまもうとすると、姉が凄《すご》い顔で安江を睨《にら》んだのだという。

〝こわい顔だったわ……〟

と、安江はぼくの友人に真顔で言ったらしい。

この話は、ぼくが直接安江から聴いたのではなく、その友人から聴いたものだ。

安江も仮名である。

「駄目よ！」

眼を吊りあげて、姉が飛んできた。

「何故よ？」

安江が訊《き》くと、

「これは、わたしのお客さんに出すものだからよ」

と、姉は答えた。

姉は、そのままいそいそと四人分の食事を造り、それを小さなおぜんに乗せて、寝る時に、暗い階段を登って二階の自分の部屋に運んで行った。

しかし、その晩、誰も客などは訪ねてこなかった。

玄関も閉まっていた。

「お客さんは？」

翌日、安江が訊くと、

「来たわ」

と、それだけ姉は答える。

見れば、昨夜の四人分の食事がきれいになくなっている。

しかし、誰が来たのか？

そんなことが時々ある。

ある晩、急に、姉が夜の食事を余計に造り、それを、その夜、寝る時に二階へ運んでゆくのである。

食事の量は、三人分の時もあり、ふたり分の時もあった。

四人分の時が一番多い。

朝になって、まるまる食事が残っている時もある。

食べかけの時もあり、きれいにみんななくなっている時もある。

そのうちに、姉が、夜になると化粧をしはじめた。

風呂からあがって、口紅を塗り、香水をつける。

その唇に、笑みを溜めて、二階へ食事を運んでゆくのである。

その頃には両親も気づいている。

姉がこわい。

夜半に安江が眼をさましたおり、ふと、二階の方から笑い声が聞こえてきたことがあった。

姉の声のようでもあり、そうではないようでもある。

ぼそぼそという、低い声に、高い声が混じっていたような気もする。

二階へあがって、姉の部屋の戸を開けてみればわかるのだが、安江にはそれができなかった。

両親も見て見ぬふりをする。

そのことだけをのぞけば、あとは普通の姉である。

だから、それはまだ続いているのだという。

「安江と、結婚しようかと思ってんだけどさあ――」

と友人は、その話をしながらぼくに言った。

「ちょっと迷ってるんだよな」

安江の姉のこわい話を、安江本人から聴いてしまったからだという。

精神病。

遺伝。

血。

色々な臆測がぼくの頭には浮かんだ。

「安江が、結婚したとたんにそんなこと始めたら……」

友人は、言った。

姉さんと結婚するわけではむろんないが、迷っている友人のことも、わからないわけではないのである。

あれから連絡がないから、まだ迷っているのだろうと思う。

二ねん三くみの夜のブランコの話

夜の学校は恐い。

それが、木造の海の近くの古い小学校だったりすると、もっと恐い。

学生時代に、金がなくて、小学校の宿直の仕事をしたことがあった。

毎週決まった曜日に出かけ、夕方の五時から翌朝の八時までその小学校に泊まり込むのである。

仕事そのものはたいしたことはない。

夜の八時と、真夜中の十二時と、翌朝六時半に校内を見まわって、日誌をつけるだけである。

どろぼうが入っているのがわかっても、捕えようとはせずにとにかく逃げて警察に通報すればよいのだと、最初の日に担当教員が説明をしてくれた。気をつけるのは火事くらいなのだが、ぼく自身は煙草を吸わないので、別にどうということはない。恐いのは放火だが、そういう心配まではしていられない。

しかし、仕事そのものは楽であったのだが、広い学校ひとつを、ひと晩自分ひとりがあずかるというのは、これでなかなか精神的なプレッシャーがある。今でもどうかすると、締切りの夢に混じって、当時の夢をふいに見たりする。

パターンは決まっている。どこかの出先で、その日が宿直の日であったことを突然思い出し、どうしようどうしようとおろおろする夢だ。知らぬ間に、一ヵ月くらいサボってしまっており、出先でそのことを思い出すのである。眠っていても胸が痛くなる。

もうとっくに終っていたと思っていた雑誌の連載が、実はまだ終っていないことに気づく夢と、パターンがよく似ている。

しまったと思った時にはきゅうっと胸が痛くなり、ああ、これはまたあの夢なんだ、もし、まだ連載が続いているなら、編集者が絶対に連絡をよこすはずではないか、いやいや、もう夢枕獏は見捨てられて、そういう連絡すらもらえない状態になっているのか——。

わあ。

さすがに今では、締切りにおろおろとする夢の方が多いが、宿直の夢は、年に何回か必ず見る。

書いているうちになつかしくなってきたので、少し、無駄話におつきあいいただきたい。

何といっても、この宿直の仕事の魅力は、夜、自由に本が読めることと、小説を好きなだけ書けるということにあった。

当時、すでにほろほろとヘタクソな小説を同人誌などに書き始めていたぼくにとっては、小説を書きながらお金がもらえるというこの仕事は、最高にいいバイトであった。

どうかすると、夜中に、

「うちの子供がまだ帰って来ないのですが」

と、泣き声の母親から電話があったりするが、そういう子供のほとんどは、何時間もしないうちに見つかった。

夜中に秘密のハシゴを昇って屋上に出て、朝までぼうっとしていたこともある。

この仕事を世話してくれた山の友人が近くに住んでいて、夜中に酒を持ってやってくることもあり、ひと晩山の話をしていたことも、何度となくあった。

ひどい時には、見回りもせずに、日誌にだけ書き込んだ時もある。

鉄筋の校舎と、木造の校舎と、当時はまだ半分ずつで、木造の校舎の方の夜中の見回りは、実をいうと、かなり恐い。

海のすぐ近くの小学校で、校庭から堤防をこえると、すぐそこが砂浜である。木造の校舎は一番海側にあって、一階が一年生、二階が二年生の教室になっていた。

二階にあがって、懐中電灯で照らすと、暗い廊下が、トンネルのようにずっと奥まで続いている。二階の高さの空間に、地中へ続くトンネルができあがっているようであった。

廊下の右側が教室である。

歩けば床の板がぎいと軋《きし》む。

床をふくのに使っている油の匂いが夜気に漂《ただよ》い、子供たちの匂いや、粘土の匂いや、あれやこれやの匂いがひそひそと闇の中に残っているのだ。

二階にあがると、廊下からでも、教室の窓ガラス越しに暗い海が見える。白い波がぼんやりと闇の奥に見えて、その波の音までも届いてくるのである。

なかなかに恐い。

で、ある晩、ビールを買い込んで、宿直中のぼくの所まで話をしにやってきた、この仕事を世話してくれた男——省二のやつが言うのである。

「おまえさ、夜、ちゃんと見回ってるのか——」

声を低くして、言ってからぐびりとビールを喉に流し込んだ。

「時々、サボってるけどね」

「あっちの方も行ってるのか」

省二が訊く。

省二は、ぼくの前任者で、ぼくの都合がつかない時は、時々仕事をかわりにやってもらっているのである。

「あっち？」

「ああ」

省二は、指で、木造の校舎のある方を指差した。

「行ってるよ。サボる時もあるけどさ」

ぼくが言うと、

「ばか」

やはり低い声で省二が言った。

「ここの仕事をやる時に、夜は、あっちは行かなくていいって言ったろう」

「聞いてないよ、そんな話」

「言ったよ」

「聞いてない」

ぼくが言うと、そうだったかなと省二は頭を掻《か》いた。

「あっちはやめとけよ。出るぞ」

「出る？」

「これ」

省二は、両手を胸のあたりまで持ちあげて、手首を折り、指先をだらりと下に下げた。

「え?」

「本当だよ。おれなんか、行ったのは最初の日だけだった」

で、省二が、その話の説明をしてくれたのだった。

ぼくらが、宿直のバイトをやっていた頃よりさらに十年近く前、その当時は宿直専門のバイトなどはいずに、先生が交代で宿直をやっていた。

十年近く前のその晩、宿直担当は新任の佐藤という、男の教員であった。

で、夜中の十二時の見回りの時のことだと省二は言った。

佐藤にとっては、初めての宿直である。

むろん、最初の日だから言われた場所は残らずきちんとまわる。

当時は、校舎の全《すべ》てが木造だった。

順にまわってゆくと、自然に海側の木造の校舎が最後になる。

一階を見まわり、懐中電灯の灯りを片手に二階への階段を登ってゆく。

その当時もはやり板が音をたてる。

人の体重が乗ったことにより、板が沈んで板と板との合わせ目が軋み音をたてるのである。

二階の廊下を、歩いてゆく。

右手の教室を、廊下から懐中電灯で照らす。窓の鍵《かぎ》が閉まっているかどうかを見るためなのだが、それは夕方にやってしまっているため、夜中にはそのくらいの手抜きをする。

ぼうっと、窓の向こうに夜の海が広がっていて、白い波が動いているのが見える。波の音が聞こえている。

廊下を歩いてゆくと、ふと、佐藤は何かの音が聞こえているのに気がついた。

細い、何かがこすれるような音だ。

床の軋み音に似ているが、そうではない。

歩いてゆくと、その音がだんだん大きくなる。

その音は、廊下の一番奥の右側、二ねん三くみの教室から聞こえているらしい。

間違いなかった。

その教室の前まで歩いてきて、佐藤は立ち止まった。

音は、やはりその教室の内部から聞こえている。

廊下と教室とをしきる壁に窓があり、廊下から教室の内部を覗《のぞ》くことができる。

佐藤は、この窓から教室を覗き込んだ。

夜の海を背景に、暗い部屋の中央で、何かがゆっくりと左右に揺れている。

黒い、小さな人の影。

女の子のようだった。

赤い服を着た女の子が、部屋の天井から縄でぶら下がり、夜の教室でブランコをしているのである。

なんで、こんな所で女の子がブランコをしているのか。

声をかけようとしたその時、佐藤は気がついた。

その女の子は、二本の縄ではなく、一本の縄でブランコをしているのである。

佐藤は、窓から灯りを部屋の中に向けた。

佐藤は声を飲み込んだ。

その女の子は、自分の首でぶらさがってブランコをしていたのである。

女の子が、佐藤をふり向いた。

「せんせい……」

細い声で言った。

「もっとブランコこいで……」

ここまで聞いた時、ぼくはわっと小さく声をあげてしまった。

ビールを飲んでから、

「本当か」

と、省二に訊いた。

「本当だって、おれは聞いたけどな」

「誰から聞いた？」

「ともだちからだ。おれ、この小学校の出だからさ、小学校の五年か六年の頃だったと思うな」

淡々と省二が言った。

その佐藤先生の事件のさらに八年近く前、その二ねん三くみの教室で、ひとりの女の子が首を吊《つ》って死んだことがあるのだという。

おそくまでブランコで遊んでいて、母親におこられ、それが原因で首を吊ったらしい。

「な、恐いだろう。だからおまえ、あっちへは行くな」

省二が言った。

「本当か」

さらにぼくは念を押した。

「本当だって、おれは聞いたよ。嘘《うそ》だと思うんなら、自分でちゃんと見回りに行けよ」

省二は言ったが、むろんのことぼくは、夜だけはその木造の校舎の二階へは絶対に足を踏み入れなかった。

省二の話を信じたわけではないが、本当だろうと嘘だろうと、恐いものは恐いのだ。

現在では、その木造の校舎はとりはらわれ、全部が鉄筋の校舎になってしまっている。

シジミ成仏の話

これは、ぼくの知り合いの、ホシさんから聞いた話だ。

ホシさんは、かなりインテリの社長さんで、小田原である商売をやっている。どんな商売かは、ここでは秘密だ。名前も仮名である。

ホシさんの友人に、イナバさんという人がいて、国道二四六号線沿いで、ドライブインを経営している。

イナバさんは、ささやかながら霊能力らしきものがある人で、誰かが落としたサイフが出てくるか出てこないか、出てくるのならいつ頃かとか、そのくらいのことは、かなりの確率で言い当てることができるらしい。

そのイナバさんは、毎日、味噌汁を作っている。

定食につけるための味噌汁で、一度にかなりの量を作る。シジミの味噌汁だ。

それを作っているうちに、奇妙なことに気がついたという。

知っての通り、シジミの味噌汁を作る時には、生きたままのシジミを使う。そのシジミを熱湯に入れれば、生きているシジミならば、ぱかりと殻《から》を開く。死んだシジミは開かない。

そのシジミの殻の開かないやつが、最近やけに多くなっていることに、まず、イナバさんは気づいたのだという。

古いシジミを買わされたのかと調べてみると、ほとんどのシジミが間違いなく生きている。

なのに、何故《なぜ》開かないのか。

で、イナバさんは、ふとあることに気がついた。シジミにだって心があり、毎日事務的にシジミの味噌汁を作っていると、シジミにもそれが伝わって、安らかに成仏できないのではないかと、イナバさんは考えたのだ。

イナバさんは、そう思った翌日から、さっそくシジミの味噌汁に言い聞かせることにした。

「シジミよ。おまえにはいつも感謝をしている。これから自分はおまえを料理するけれども、おいしく心を込めて作り、その身は全部きちんと残さずにみんなに食べてもらうから、すまないけれども食べられておくれ――」

そう心の中で念じ、声に出して言った後に料理をすると、驚くほどシジミの殻が開くようになったという。

「イナバさん、ちゃんと二百個ずつシジミを分けてね、何日間か、言い聞かせた分と言い聞かせなかった分との殻の開く率を調べたんだって。そうしたら、明らかに、言い聞かせた分の方が、殻の開く率がずっと高いんだってさ――」

そう、ホシさんはぼくに言った。

夜になるとやってくる男の話

これは、ぼくがまだ二十代始めの頃、小田原のアラジンというスナックでわいわいとやっていた仲間のふみちゃんから聞いた話である。

ふみちゃんはぼくよりもふたつほど年上の女性で、実を言えば、ぼくはこのふみちゃんをかなりのところ好きだった時期があるのだが、残念ながら何事もない清い関係であったので、ここでこの話もしてしまえるというわけなのだ。

ふみちゃん本人の話だ。

アラジンというのは、おひでさんと、その母親であるおばあちゃんがやっていた店で、ぼくは、よくこの店で同人誌の原稿を書いたりした。コーヒー一杯で、開店の十二時から、閉店の夜の一時までいたこともある。

周囲にいるのは、まだこれから何者になるのかわからないような連中ばかりで、そんな常連ばかりが顔を合わせてはビールを飲み、歌を唄い、きわどい話や、時々は神だとか宇宙だとか政治だとかの話もした。

夏などは、よく海に泳ぎに行った帰りに、まだ濡《ぬ》れた海パンをはいたまま、自転車でアラジンに立ち寄って、ビールを飲んだりした。

ふみちゃんから、この話を聞いた時も、そういったおりの、夏のことだったと思う。ぼくが髪の毛を濡らしたまま店に入ってゆくと、カウンターに、水色のワンピースを着たふみちゃんが座っていたのである。

お客は、その時、ふみちゃんひとりだった。

夕方にはまだ間があって、これからもうしばらくすると、にぎやかな連中がわいわいと集まってくるという、その少し前のひっそりとした時間帯である。

半月ぶりくらいに会ったふみちゃんは、いつもよりほっそりとして見え、すでに黒く陽《ひ》にやけたぼくとは対照的に、肌の色が白かった。

「久しぶりだね」

ぼくが声をかけると、ふみちゃんは小さく笑って、

「とても怖い目にあっていたの——」

と言った。

「何かあったの？」

ぼくはふみちゃんの隣りに座って訊《き》いた。

「そう。もうすんだことだから、誰かに話しちゃおうと思って出てきたの。ちょうどい

いから聞いてくれる？」

で、ぼくはビールを飲みながら、ふみちゃんからこの話を聞いたのだった。

当時、ふみちゃんにはつきあっている男性がいた。

半月ほど前の夜に、ふみちゃんは、その男性と車でデートに出かけた。

出かけたその場所は、久野霊園である。

霊園だから墓場なのだが、明るい、墓場というイメージからは遠い場所である。

小田原から、箱根外輪山の山襞《やまひだ》を登って行った小高い山の中腹に久野霊園はあって、昼間ならば、遠くに相模湾《さがみわん》が見える。

しかし、夜ともなれば話は別だ。

むろん、人はこない。

こないからこそ、車で立ち寄ったのだろうが、それはまあここでは別の話だ。

彼とふみちゃんとは、車を降り、奇妙な夜の散歩をした。

その時——。

「急にね、なんだか変な気分になって、凄《すご》い寒《さむ》けがしたの」

そう、ふみちゃんは言った。

「夏なのにね、鳥肌が立って、ぞくぞくするのよ」

「へえ」

言った。

「やだ、思い出したらほんとにまた鳥肌が立ってきちゃった」

見るとふみちゃんの白い腕の肌に、つぶつぶが浮いていた。

「そうよ。できたばかりのお墓の前を歩いていた時よ」

時々、デートコースにしているので、新しいお墓があるとわかるのだとふみちゃんは言った。

あまりぞくぞくするので、そのままデートをきりあげて、ふみちゃんは彼に家まで送ってもらった。

ふみちゃんの家は、小田原の板橋にある。

相模湾を間近く見わたすことのできる山の中腹に木造の古い家があり、ふみちゃんは両親とその家に住んでいる。

屋根裏に似た二階がふみちゃんの部屋で、天井はなく、頭のすぐ上に梁《はり》が通っていて、影絵の人形などを造るために、ぼくは何度かその部屋に入ったことがあるのだが、ぼくはその部屋が気に入っていた。

その部屋のベッドに潜り込んで、ふみちゃんは早々に寝た。

しかし、寒けはおさまらず、なかなか寝つけない。

それでもうとうととなって、ようやく眠りに落ちた途端《とたん》に、凄い唸《うな》り声を聞いて眼を覚ました。

自分の唸り声だった。

ふと気がついてみると、暗い部屋のどこかに、人の気配がある。

「そうしたらばね、立っているのよ」

ふみちゃんが言った。

「立っている？」

「男のひとがよ」

ふみちゃんの眠っているベッドは、隅の壁際に寄せてあり、仰向けに寝ると、頭と左側が壁になる。

頭を起こすと、自分の足の先の方にドアが見える。

そのドアのところに、男が立っているのだという。

灰色のくたびれた背広《スーツ》を着た男だ。

その男が、闇《やみ》の中に、ぼうっと立って、ベッドで頭を起こしたふみちゃんを、凝《じ》っと見つめているのだという。

声を出そうとしても声をかけられずに、男の顔を見つめていると、そのままふみちゃんは本当に眠ってしまった。

「それからよ、その男のひとが毎晩出るようになったのは――」

その翌日も、そのまた翌日も、同じ男が出る。

夜、寝苦しくて眼を開けると、ドアの方向にその男が立っている。何か言うわけでも、何かするわけでもなく、そこに立って、ただ凝っとふみちゃんを見つめているのだという。

四日目に、ふみちゃんは奇妙なことに気がついた。

「最初の晩よりもね、その男のひとが、わたしに近づいてきているようなの」

確かにその通りだった。

四日目よりは五日目、五日目よりは六日目と、その男の立つ位置が、出る度《たび》にふみちゃんに近づいてくる。

七日目には、ふみちゃんのすぐ足元に立った。

これは怖いと思って、ふみちゃんは般若心経《はんにゃしんぎょう》と聖書を枕元に置いて、眠る前に必ずその数ページを読むことにしたのだが、それでも、その男は現われた。現われる度に、近づいてくる。

「本当にそばまで寄られたら、わたし、連れて行かれちゃうんじゃないかって――」

連れて行かれちゃうとふみちゃんが言うのは、死んでしまうという意味だ。

とうとう、十日目には、枕元に、その男が立った。

「下で眠ればよかったのに――」

ぼくは言った。

「そうね。今ならそれがわかるんだけど、その時は、とてもそんなこと思わなかったの」

不思議だわとふみちゃんは言った。

両親にも誰にもそのことを言わなかったらしい。

十一日目。

やはり、夜中に眼を覚ました。

横向きに寝ていた。

右側――つまり、昨夜男が立っていた枕元に顔を向けた状態で眼を覚ましたのだが、そこに男はいなかった。

ほっとして、ふみちゃんは仰向けになった。

「そうしたら、いたのよ――」

と、ふみちゃんは言った。

仰向けになったふみちゃんのすぐ顔の上に、男の顔があったのだという。

「こうやってね――」

と、ふみちゃんはそこに立ちあがって、男の格好を実演してみせてくれた。

「こういう風に男の人がわたしの顔をのぞき込んでいたの」

男は、ふみちゃんの頭の先の壁の中に立って、壁の中から上体を前に折って、ふみちゃんの顔をのぞき込んでいたのだという。

とうとう、翌日の昼に、ふみちゃんは母親にそのことを話した。

「まさか――」

「本当よ」

と言っているところへ、人が訪ねてきた。

東京の世田谷に住んでいる親戚《しんせき》のおばさんだった。

「やだねえ、玄関の戸が逆戸《さかど》になっているじゃないの」

そう言いながら、おばさんはあがり込んできた。

逆戸――人が死んだ時に、その家の玄関の二枚の戸を、逆さに閉じておくのが逆戸だ。戸を開ける時に指をかけるみぞが、中央にくるように閉めるやり方である。

つい近くまで用事があってやってきたので、ついでに顔を出したのだという。

あがり込んだ途端に、寒い寒いとおばさんは言い出した。

額に汗が浮いているのに、寒いのだという。

おばさんは、一時間ほど話し込んで帰って行ったのだが、その日から、男のひとが出なくなった。

「きっと、おばさんが、背負って行っちゃったんだと思うわ」

ふみちゃんは言った。

どうしているかと、二日目に、おばさんの家にそれとなく電話を入れた。

「あの日は、なんだか一日中寒くてさあ。駅を降りて、家へ帰る途中でも、前から来た人が通り過ぎてからわたしをふり返っていくのよ――」

真夏なのに、寒くて、しかも身体が重くてしようがなかったという。

「それがねえ、駅からわたしの家に帰る途中に、墓地があるでしょう。その前まで歩いてきた時に、急に身体が軽くなったの――」

身体がぽっとあたたまって、急に汗がふき出したという。

それっきり、ふみちゃんにもそのおばさんにも何ごともない。

後日、この話をするたびに、あちこちから耳に入ってきた情報でわかったのだが、その前を通った時に、ふみちゃんが寒けを覚えたという新しいお墓は、その頃、小田原で交通事故にあって死んだ男の人のお墓だという。

何年か前までは東京の世田谷に住んでいたらしい。

小田原の小さな印刷会社で働いていたのだが、その仕事で、外に出た時の事故である。

独身で、四十歳。

どこがどうなってというくわしい事情はわからないが、その小さな印刷会社の社長さんが、その男を久野霊園に葬《ほうむ》ったのだ。

「きっと、あの男の人、東京に帰りたくてたまらなかったんだわ」

後日、ふみちゃんは、ぽつりとぼくにそう言った。

ぼくがひそかに好きだったふみちゃんは、今は人妻で、優しそうな彼と一緒に異国で暮らしている。

手で歩いてきた女の子の話

「マグロを拾いにゆく」

その言葉をぼくが初めて耳にしたのは、国鉄の工場でバイトをしていた時である。

何年おきかに工場にもどってくる電車を分解し、もう一度組みたてなおして、また出してやる作業を、ぼくはその工場でやっていた。

コロ場と呼ばれる作業場だった。車軸の入るコロの分解と洗浄《せんじょう》と、組みたてがコロ場の仕事である。

油まみれになる。

そういう仕事の休み時間の時であった。

にやにやしながらそう言った男の顔を見て、

「マグロ？」

と、ぼくは訊いた。

「ああ。バケツと、火バサミを持ってね」

と男は言った。

「近くで、飛び込みがあったんだよ」

別の男が言って、ようやくぼくにもそれが呑み込めた。

走っている電車に、人間が飛び込み自殺をする。車輪にまきあげられ、くしゃくしゃにされ、その人間の身体はバラバラになって、肉があたりに飛びちり、赤いピンク色の肉片が、電車の腹や車輪にへばりついているのだという。

その肉片が、マグロの刺し身にそっくりなのだという。

その肉片を、事故の現場から、大きなピンセットである火バサミで拾い、バケツに集めてくるのが、〝マグロを拾いにゆく〟ということらしい。

まあ、このマグロの話はともかく、次のような話を、ぼくはある女性から聞かされた。

ある日、ある時、女の子が電車に轢《ひ》かれた。

線路で遊んでいて、電車が近づくのに気づかなかったのだ。

急ブレーキをかけて電車を停めた運転手が、あわてて線路に飛び下りた。

見ると、スカートをはいた女の子が横手の草の中に転がっている。

運転手が近づいてゆくと、女の子が、可愛い顔をあげた。

「痛い……」

と、女の子は言った。

「おじさん、助けて、おじさん……」

つぶやきながら、女の子は両手で歩いてきて、運転手のズボンの裾《すそ》につかまった。

「おじさん……」

四歳くらいのその女の子のスカートの中には、あるはずのものがなかった。

女の子の腰から下は、車輪で両断《りようだん》されて、きれいになくなっていたのだ。

「痛い……」

「痛い……」

と言いながら、両手で這いながら、女の子は運転手を追ってきたのだという。

ぼくには、今年二歳になる娘がいるから、とても他人事《ひとごと》とは思えない。

おそろしい話だったなあ。

階段の暗がりから睨んでいたばあちゃんの話

ナベさんのことを、何故ナベさんというのか、ぼくは、知らなかった。会った時から、みんなはナベさんと呼んでいた。だから、ぼくも彼のことはナベさんであり、今でもそうだ。

ナベさんの本名が鍋島であるとか、たとえば菜平《なっぺい》などという名前であるわけではない。ナベさんの本名は、木島浩二である。

きじまこうじが何故ナベさんなのか、それはいまだにわからないのだが、それは、ぼくがその理由を訊《き》いたことがないからで、案外、友人たちのほとんどはその理由を知っているのかもしれない。

しかし、ナベさんの名前の話は、ここではまた別の話である。

ナベさんの体験した恐い話をする。

ナベさんの生まれは、岩手県の花巻市である。ナベさんが生まれたその年に、ナベさんの父親は交通事故で死んでいる。

ナベさんは、ＳＦの仲間うちではかなりのハンサムで、頭がよかった。

文科系の人間のくせに、理工系のことにやけにくわしくて、何でもよく知っていた。

東大出身で、知り合ったのは、まだぼくも彼も学生だった頃である。彼は、自分の出身大学を隠したがり、誰かがそのことを話題にすると、ひどくはにかんだ顔をする。

今は東京に住んでいるが、高校を卒業するまで、ナベさんは花巻の実家に家族と一緒に住んでいた。

これからするのは、そのナベさんが、高校三年の時の夏の話である。

「いやだったなあ、受験勉強――」

ナベさんは、その話になると、必ず同じことをいう。

受験勉強が好きな人間などそうはいないと思うが、ナベさんは、本当にいやそうな顔でいう。ぼくはいやだったから、受験勉強などほとんどしなかったのだが、ナベさんは、

「おれはきちんとやったからな」

と、正直に言う。

いやな受験勉強をやったから、それもかなり真面目《まじめ》にやったから、

「もっといやになっちゃったんだ」

と、そういうことであるらしい。

高校三年の夏休みのほとんどを、ナベさんは受験勉強でつぶした。

夏は暑いから、本格的に勉強をするのは夜である。

壁によせた机で、勉強をする。

正面が壁で、右側にベッドがあって、左側が窓、後方が階段である。その階段を昇ってきた二階のつきあたりが、ナベさんの部屋だ。

部屋のドアを開《あ》けて、二歩も歩けばもう階段である。

この話をする時には、ナベさんは、いつも部屋の間どりをきちんと説明する。

「窓もね、部屋の入口のドアも開けっ放しにしてね——」

そうすると、風が部屋の中によく入ってくるのだという。

「おれは、ばあちゃんが、大嫌いでさ」

ナベさんは、話の途中で、必ず自分のばあちゃんのことを口にする。

「勉強しろ勉強しろと、一番うるさかったのがばあちゃんだよ」

だから、ナベさんは、ばあちゃんも勉強も嫌いだったらしい。

「だからおれね、ばあちゃんとは口もきかなかったよ。顔を見るのもいやだったな。しつこかったからなあ。おれが勉強してるかどうか、よく、そうっと階段からのぞいてたよ。ケンカをしてね、ばあちゃんの髪の毛を本気でひっぱったこともあったな——」

あの頃は、おれもばあちゃんも、どこかおかしくなってたんだろうな、とナベさんは言う。

その年の夏休みになる前、かなりの大ゲンカを、ナベさんはばあちゃんとした。テレビを見ていたら、ばあちゃんが、テレビなど見ないで勉強をしろと言ったのが原因である。

「テレビなんか、大学へ入ってから、好きなだけ見れるじゃないの――」

「うるせえなあ」

ナベさんが言った時、ばあちゃんがテレビのスイッチを切った。

「何をするんだよ」

ナベさんがテレビをつける。

ばあちゃんが消す。

またナベさんがつける。

それを何度か繰り返してるうちに、ばあちゃんは近くにあったガラスの灰皿をひろって、テレビのブラウン管におもいきりぶつけた。

ぼんと音をたててブラウン管が割れた。

「テレビがあるから見るんだろ」

そう言ったばあちゃんを、ナベさんは殴りつけた。

今の、優しそうなナベさんの風貌《ふうぼう》からは信じられないことだ。

「死んじゃう、死んじゃう」

畳の上に転がって、ばあちゃんが言った。

「勝手に死ねばいいじゃないか！」

ナベさんは叫んだ。

洗いものをしていた母親が飛んできた。

その母親の前で、ナベさんは、言った。

「いいよ、死んだって」

そうしたら、

「ほんとうにね、ばあちゃん死んじゃったんだよ」

それから半月後の朝、ばあちゃんが起きてこないのでナベさんの母親が様子を見に行ったら、蒲団《ふとん》の中でころんと死んでいたのだという。

そんなことが、夏休みの直前にあったのだった。

で、夜中に勉強していたナベさんの話だ。

勉強しているうちに眠くなって、ナベさんはついうとうととした。

気がついたら、うんうんという自分の唸《うな》る声で眼が醒《さ》めた。

机の上に頰《ほお》をあてて、すっかり眠っていたのである。

汗をかいていた。

背中のあたりにいやな感じがして、ナベさんは後方を振り返った。

そうしたら、そこの、階段の降り口の暗がりに、ばあちゃんがいたのだという。

いつも、ナベさんの勉強をのぞきにくる時と同じ格好をしていた。

「こうやってさ――」

と、ナベさんは、自分の顎《あご》をはさむように両手を持ちあげて、手の平を下に向けた。

二階の床――つまり階段を昇りきった一番上の段に顎を乗せ、両手をその顎の左右の床に置いて、ばあちゃんが、凄《すご》い眼でナベさんを睨《にら》んでいたのだという。

「ばあちゃん」

ナベさんが言った途端《とたん》に、四つん這《ば》いで、ばあちゃんが部屋の中に疾《はし》り込んできた。

疾り込んできたと思ったら、ふっ、とばあちゃんの姿が見えなくなった。

どっと汗が出たその瞬間、机の下にあったナベさんの素足の両足首が、いきなり強い力でつかまれた。

机の下にまっくろなばあちゃんが潜り込んでいて、ナベさんの両足首を握っているのである。いきなり引っ張られた。凄い力だった。机の下に引き込まれ、そのまま、さらに横に引き出された。

窓の方向だ。

ずるずると引きずられ、窓の外に足が出た。もっと引かれた。凄い力だった。

「ばあちゃん！」

ナベさんは叫んで暴《あば》れた。

「ごめんよ、ごめんよ！」

わめいた。

ふいに、足首をつかんでいた力が抜けた。

その時には、腰近くまで、二階の窓の外に引きずり出されていたという。

「本当だよ」

と、話のあとに必ずナベさんはつけ加えるのだが、友人たちの半分くらいは、あまり信じていない。

二階から引きずり出されそうになった話など、なんだか理由がわかるようなわからないような、しかし、やけにリアルだ。

本当だろうと、ぼくは思う。

眼に見えない生き物の話

眼に見えない生き物がいるのではないかと、時々思う。

霊と呼んでもいいし、超能力と呼んでもいいのかもしれないが、何かある（いる）のではないか。あいにくと、ぼく自身は、そういう体験をしていないので、大きな声で他人に言えるほど信じているわけではない。

ただ、信じるだけの心の準備はできている。

式神《しきじん》というものがいる。

眼に見えない霊で、平安時代の陰陽師《おんみょうじ》たちがよくこの霊を使った。それが式神である。今度、小説にしてしまう安倍晴明《あべのせいめい》などという人物は、そういう陰陽師たちの中の代表的な人間である。

ぼくに、その眼に見えない生き物の話をしてくれたのは、北村さんという小田原の人である。時々、一緒に鮎《あゆ》を釣りにゆく、釣り仲間である。

「ねえ、箱根に奇妙な人がいるんだけどさ」

と、北村さんはぼくに言った。

ぼくが、小説をほろほろとSF専門誌に発表し始めた頃で、そういうことにぼくが興味を持っていることを、彼は知っていたのである。

「なに？」

ぼくは、おもしろい話の仕込みができそうだぞと思いながら、北村さんに訊いた。

「もと関取りで、かなりいい番づけまで行った人なんだけどね。その人が箱根に、奥さんと一緒に住んでるの。もう、お爺ちゃんなんだけどさ――」

北村さんは、その人の話を友人から耳にして、わざわざその人に会いに行ったのだという。

その人の名前を、仮に箱根さんとしておく。

箱根さんは、もと関取りとは思えないほど、小柄で、痩《や》せた人だった。

その箱根さんに、眼に見えない何かが憑《つ》いているのである。

それは、たとえば色々なことを箱根さんにしてくれるのだ。

夜中に、喉《のど》がかわいて眼を覚ます。

コーラが飲みたくてたまらない。しかし、家にはコーラの買い置きはない。

「コーラを持ってきてくれないか」

と、箱根さんが頼むと、たちまち、五分後に部屋のドアがとんとんとノックされる。

ドアを開くと、そこの床の上にコーラのビンが一本置いてある。

ある時、サイフを落とした。

大金が入っている。捜しても見つからない。

「頼むよ」

とそれに言いつけて眠ると、翌朝、その失《な》くしたサイフが枕元に転がっているという具合である。

頼まないことまでしてくれる。

箱根さんが小田原まで降りてきた時のことだ。信号を渡りかけたところで、信号が赤になった。これはいけないと、いそごうとした途端に、箱根さんの足がもつれて前に転んだ。すると、転びかけたその姿勢のまま、箱根さんの身体が宙に止まり、その格好のまま、すうっとその身体が前に動いて信号を渡りきってしまったという。

眼に見えないそれが、自分の身体を背負って、道路の向こう側まで運んでくれたのだと箱根さんは言った。

それは、予言もする。

誰かが死ぬよとそれが言えば、それから十日もしないうちにその誰かが死んだこともあり、親戚《しんせき》の人間の結婚や、事故まであてたという。箱根さんは、その眼に見えないものを、スサノオと呼んでいる。

何故、箱根さんはそのスサノオと知り合いになったのか。

こういうことらしい。

もともと箱根さんは、何の信心もしていなければ、神だとか仏だとかも信じない人間だった。

その箱根さんの所へ、ある晩、いきなり向こうの方から、それがやってきたのだという。

夜、何かの気配で眼を覚ますと、ふいに自分の身体に誰かが触れてきた。

——何だ⁉

わからない。

声がした。

その声は低い声で箱根さんに告げた。

「自分はスサノオという神である。おまえがこれから、自分を信じてくれるのなら、おまえの面倒を色々と見てやろう——」

承知したと箱根さんが答え、関係が始まったのだという。

よく、不動明王《ふどうみょうおう》だの、観世音菩薩《かんぜおんぼさつ》だのと自分から名告《なの》って人間に憑く霊や何かがいるらしいが、霊の存在があるかどうかという問題はともかく、その霊が、不動明王や観世音菩薩であるかどうかはあやしいものだ。不動明王や観世音菩薩というものを、歴史的な視点で眺めてみれば、それはすぐに答えが出てくる。あちこちでもそういう話を耳にする。金をとったりおそなえを要求したりと、かなりせこい観世音菩薩や不動明王が多い。

いつか、そういう話をきちんとまとめてみたいが、そういうことを始めた途端に、そういうたちのよくない部類の霊がよってきそうでこわい。やはりぼくはフィクションにこだわりたいし、それは、とりあえずここでは別の話だ。

さて、それでぼくはぜひともその箱根さんに会いたくなった。

「じゃあ、連絡をとってみるよ」

北村さんは言った。

それっきりぼくはそのことを忘れていたら、二ヵ月くらいして北村さんから電話があった。

「あのねえ、あの話、だめんなっちゃった」

「え？」

「箱根さんのことなんだけどね、もう箱根にいないんだって――」

「え――」

「引っ越しちゃったんだよ、北海道に――」

「どうしたの？」

「地震だよ、地震――」

北村さんは言った。

北村さんが、ある筋から耳にした話というのはこうだ。

スサノオが、箱根さんに、ひとつの予言をしたというのである。

〝近いうちに、大きな地震がある〟

というものだ。

「それでさあ、箱根さん、家を売って、北海道に引っ越しちゃったんだよ」

北村さんは言った。

ぼくらは、かなり興味を持って、なにしろ東海大地震がいつきてもおかしくない土地柄だから、こわい想いをしながらしばらくをすごした。

「いつくるかねえ」

「本当にあるのかな」

結局、逃げ出さねばならない大きな地震はなかったのだが、〝近いうち〟がどのくらいの時間的な距離を持ったものかわからないため、まだその予言の範囲内にあるのかもしれない。

しかし、それは、もう八年近くも昔の話だ。

〈奇譚草子・了〉

逆さ悟空

私は、もの書きである。

小説を書いている。

ほどほどに注文もあり、そこそこに本も売れてはいるのだが、銀座を飲み歩いたり、どこかに女を囲ったりできるほどの収入があるわけではない。ほどほどに注文があるくらいだから、収入もほどほどだ。

資料をじっくり読んでから、執筆にかかれるくらいは時間もある。

なまじ、時間があるものだから、ついついその時必要な資料以外にも眼を通したりして、それで時間をつぶしてしまう場合も少くない。資料として集めた本であるわけだから、基本的には自分好みの本が書棚には並んでいて、ついつい眼移りがしてしまうというわけなのだ。

また、私の書棚は、きっちり整理がついていて、色々な本の題《タイトル》がすぐに眼につくのだ。

西域とか、シルクロードに興味があり、そういう関係の本だとか、呪法《じゅほう》だとかに関する本が書棚には多い。それ等が、我流の分類で、きっちりと並んでいるのである。

だいたい、作家の書斎などというものは、たいてい乱雑に散らばっているものである。書棚がきちんと整っているもの書きの書いたものなど、あまりおもしろそうな気がしないと、本人も思うのだが、性格だから仕方がない。

書棚に並んだ本の背表紙が、いつもちゃんと見える状態になっていないと気がすまないのである。

まあ、注文があるといっても、それだけ本をそろえる時間があるくらいの仕事量なのだ。

むしろ、おもしろい話を書くもの書きには、書棚を整理しているだけの時間がないということの方が、正解なのかもしれない。

その晩、私はかなり遅い時間まで、独《ひと》りで書斎で机に向かっていた。

注文のあった短編のアイデアが浮かばず、原稿が少しもすすまないのである。

白い原稿用紙の上に、モンブランのペンを転がしたまま、ぼんやりそれを見ていると、

ふいに、机の端の、呑みかけの湯飲み茶碗の陰で、何かが動いた。

眼をそちらにやると、赤いものが、そこで、ちらっと動いた。

そして、それは、湯飲み茶碗の陰から出てきたのであった。

その出てきたものを見て、私は小さく声をあげた。

それは、指一本くらいの大きさの、小さな赤い服を着た猿だったのである。しかも、その猿は逆立ちをしていたのであった。

――悟空⁉

それは、あの『西遊記』に出てくる、石猿の孫悟空だったのである。

ちょこちょこと原稿用紙の上まで歩いてくると、悟空は、一本の手で立ったまま、ひょいと自分の耳から小さな棒をひき抜いた。続いてテープの早廻しのような声で何かを言った。

その途端にその姿がふっと消えた。

私は、呆然としたまま、何も見えなくなった、白い原稿用紙を見つめていた。

今のは何だったのか。

私はそう思った。

何か幻を見たのかと思った。

ところが、次の晩に、また逆さ悟空が現われた。

こんどは、三蔵法師や八戒《はっかい》、沙悟浄《さごじょう》までいる。しかも、全員が逆立ちをして、ぞろぞろと机の上を歩いてくるのだ。白い原稿用紙の上に、彼等は立ち止まり、私に向かって何か叫ぶのである。

声が早すぎてその意味がわからないうちに、ふっとまたその姿が消えた。

また翌日の晩も出てきた。

今度は、金角大王や銀角大王、その配下の妖怪どもまで出てきて、私の白い原稿用紙の上で、雲を飛ばしたり、ちゃんちゃんばらばらと活劇を始めたのである。全員が指一本ほどの大きさでしかも逆立ちをしている。

見ている間に、その姿が、またふっと消えた。

それが四晩続いた。

その原因がわかったのは四晩目のことである。

いつも彼等の出てくる方角の書棚をながめていたら、その本が、眼に入った。

その棚に収められていたその本、『西遊記』だけが、逆さになっていたのである。

そうか、と、私は思い出した。

最初に悟空が現われた日に、私はその『西遊記』を手にとったのだった。

玄奘《げんじょう》三蔵のことを調べようと『大唐西域記《だいとうさいいきき》』に手を伸ばしかけ、ふと眼に入ったその『西遊記』を手にとってしまったのだ。『大唐西域記』の横に、その『西遊記』が並んでいたのである。

ひとしきり、私は『西遊記』を読みふけり、本をもとにもどしたのだが、その時、本が逆さになってしまったものらしい。

逆さになった『西遊記』をもとにもどすと、その翌日から、逆さ悟空は出なくなった。

おくりもの

きみが好きだよ。

そうかい。

やっぱり行くんだね。

ああ、行くんだねという言い方はおかしいよね。

やっぱりどうかしてるね、今日のぼくは。

きみが好きだよ。

きみの前では、いつも、言葉がうまく言えなかった。

ぼくは、これまできみに口にした以上に、もっときみを好きだったよ。たぶん、きっと、きみが想像していたよりも、ずっとね。

ねえ。

あそこで食べたフランス料理はおいしかったねえ。

鳩の料理。

お店のおじさんがすすめてくれたんだけど、鳩っていうと、あの、いわゆる鳩のイメージがあってさ。最初はどうかと思ったんだけど、やっぱり注文してよかったよね。

あれはとてもおいしかった。

おいしいって言うと、お店のおじさんがさ、やたらと喜んじゃってねえ。

ワインの話も色々してくれたけれど、ぼくはもう少し、きみと話をしたり、きみのよく動く眼を見ていたりしたかったな。

日本酒も飲んだね。

きみはけっこうお酒が強くて、もしかすると、ぼくより強かったかもしれないな。

きみは厚揚《あつあげ》が好きでさ。

厚揚って、あれ、エレベーターっていうんだよな。

あれって、必ず大根おろしがついてくるだろう。〝あげ〟と〝おろし〟で、エレベーターなんだって、それをぼくが教えてやったら、きみはころころとよく笑ったよね。

これから、ぼくは、お酒を飲んだり、銀杏《ぎんなん》を食べたりするたびに、きみのことを思い出すだろうな。

パリか。

いいな。

ぼくはまだ行ったことはないけれど、シャンゼリゼ通りって、たしか、パリだったよね。

彼はもう、先に行っていて、きみを待っているんだろう？

いいよな。

絵の先生か。

なにしろ、フランスの学校で、絵を教えるってわけだから。外人が、日本に空手を教えに来るようなものなんだろう？

このたとえは、ちょっとよくなかったね。

きみが好きだよ。

きみは、花が好きだったよね。

赤い薔薇《バラ》。

他にも、色々好きなもののことを、ぼくはきみに訊いたりしたよね。

きみは、たくさんのことをぼくにしゃべったけれど、言わなかったこともあるよね。

ほんとうのことを言いながら、嘘をついてしまうことって、あるよね。

何も言わないことが、嘘をつくのと同じ意味になってしまうことも、あるよね。

きみが、ぼくに何を言わなかったか、ぼくにはわかっているよ。それは、きみが、ぼくにそれを言わなかったからだ。言わないから、ぼくにはわかる。

きみとぼくとがたくさんおしゃべりをすればする分だけ、その言葉が触れない場所が見えてくるよね。

でも、きみには、それをぼくに言う義務なんかないよね。

ぼくは、それを訊かなかったし、訊かれないことを、わざわざ言う必要なんかないんだしね。それに触れないようにするきみのおしゃべりにも、ぼくは協力さえしたんだから。

いや。

きみの方が、それは、ぼくに協力していてくれたのかもしれないな。

きみは頭のいい娘《こ》だったし、ぼくだって、きみが何を隠していたのか、わかっている。

それを知るのがこわかったもの。

でも、わかるよね。

わかるよな。

きみが、ぼくと一緒にいる時間を短くする口実に、何を使うか。ぼくが何と比較《ひかく》されているかで、だんだんとわかってくる。

それがだんだんとわかってくるのは、かなしいよなあ。

たとえばきみは、ぼくと一緒にいる時間よりも、洗濯《せんたく》をする時間を選んだり、眠る時間を選んだりする。そういうことがいくつかあれば、そのどれかは本当にそういうときで、そのどれかは違うんじゃないのかな。

ぼくのところで短くした時間を洗濯につかえば、洗濯に使う予定であった時間を別のところで使えるじゃないか。それは、ぼくのところで使わなかった時間を別のところで使うってことなんだ。

別々の生活をしているふたりが、ふたりでいる時間を造るために、何を犠牲《ぎせい》にしているか。どれだけのものを犠牲にしているか、お互いのそんなものが見えてくると、一緒に見えてくることってあるよね。

きみがぼくのことをどれだけ好きかということが、どんな言葉よりもよくわかってくる。

きみが好きだよ。

今、パリは冬だね。

寒いんだろうな。

雪だって降るよね。

ねえ。

ぼくときみとさ、いったい、どっちが大人だったんだろう。

きみは、ぼくより、ずっと大人びていたところもあったし、それでいて、年相応《としそうおう》の女の子みたいなところもあった。

でも、年相応ったって、そんなのいったい何が年相応なのかわかんないから、こんなのは、馬鹿な質問だよね。
でも、最後に誘った食事に来てくれたのは、嬉しかったな。
ほんとうに嬉しかった。
それが、ぼくのプレゼントだよ。
ごめんよ。
こういうプレゼントしか、ぼくはもう思いつくことができなかったんだ。
ささやかな、小さな、銀のナイフ。
きみの胸に咲いた、赤い薔薇《バラ》のおくりもの。
きみが好きだよ。

暗い優しいあな

あなの奥には、こわいものが棲《す》んでいる。

だから、

「あなのなかをのぞいてはいけないよ」

と、おとうさんはいう。

おとうさんは、あながきらいだ。

あなを憎んでいる。

洞窟《どうくつ》をたんけんするテレビの番組も、ぼくは見せてもらえない。

ぼくが見ると、おとうさんは怒る。

怒ったあとで、とてもかなしそうな顔をする。

ぼくは、あななんかよりも、怒ったおとうさんのほうがこわい。

おもしろいテレビを見れないのはいやだけれど、かなしそうなおとうさんの顔を見るのは、もっといやだ。

飼っていた金魚が死んだとき、ぼくは、金魚を埋めてあげるために、庭にあなを掘った。

そのときも、おとうさんに見つかって、ぼくはいっぱいしかられた。

金魚をかわいそうに思うのはいい、けれどあなを掘るのはいけない、おとうさんはそういった。

ぼくは、とてもかなしかった。

おとうさんは、すこしいじょうだと、ぼくはおもう。

むこうがのぞけるドアのかぎあなは、ぼくの家には、ない。

まえにはあったのだけれど、おとうさんが、むこうをのぞけないかぎにかえてしまったのだ。

おとうさんのしんしつを、ぼくがのぞこうとしたからだ。

そのとき、おとうさんは、おとうさんじゃないような赤い顔をして、ぼくを怒った。

「あなをのぞくと、あなの奥にいるものに、めだまをとられちまうぞ」

と、おとうさんはいった。

その晩、ぼくはこわい夢を見た。

夢のなかで、ぼくがかぎあなをのぞいていると、なにも見えないまっくらなあなの奥から、いきなりしわだらけの手がのびてきて、爪のはえたゆびで、のぞいていたぼくの右のめだまをつかんで持っていってしまうのだ。

「いたい、いたい」

ぼくがめをおさえておとうさんのところへ走っていくと、背なかをむけていたおとうさんが、こわい顔をしてふりむいた。

おとうさんは、大きな手に、血まみれのぼくのめだまをにぎっていた。

あんな夢、ぼくはもう二度と見たくない。

ぼくがおとうさんのへやをのぞこうとしたのは、夜、ときどきおとうさんのへやからへんなはなし声がきこえてくるからだ。

ぼくが、夜なかにおしっこにおきると、まっくらななかに、おとうさんのぼそぼそという声がきこえる。

だれかとはなしをしているみたいな声だ。

ちいさい声なので、なにをはなしているのかわからない。

おとうさんの声はひどく優しい声だった。

もうひとりの声は、きこえるような気もするし、きこえないような気もする。

泣いているような声のときもあった。

もしかすると、それはみんなおとうさんのひとりごとだったのかもしれない。

ただ、わかっているのは、ときどき、ぼくのなまえが出ていたことだ。

おとうさんは、ぼくにないしょで女のひとと会っている——そんな気がした。
「もうすこし大きくなったら、あの子をたべてしまおう」
おとうさんと女のひとは、ひそひそとそんなはなしをしているようにぼくは思った。
ぼくはおとうさんがこわい。
ぼくは見た。
ついにおとうさんのひみつを見てしまった。
おとうさんがあなをきらいだというのは、あれはうそだ。
おとうさんは、ほんとうはあながすきなんだ。
おとうさんは、自分のへやであなを飼っているのだ。
その晩、ぼくがめをさますと、また、おとうさんのぼそぼそという声がきこえていた。
そうっとおきあがって、ろうかを歩いていくと、声がだんだん大きくなる。
どうしたんだろう。
いつもより、声ははっきりきこえた。
そのりゆうがわかった。
おとうさんのへやのドアがほそくあいていたのだ。
そこから、ほそい灯りがもれている。
ぼくはどきどきしながらしのびよった。

しんぞうをつかまれているように胸がくるしかった。

ドアのすきまからのぞくと、暗い灯りの下でへやのまんなかにおとうさんが立っていた。

おとうさんは、はだかだった。

じゅうたんが大きくめくりあげられていて、ゆかがむきだしになっていた。

そのゆかに、あながあった。

おとうさんは、手におさらをもって、その上にあるものを、つまんではあなのなかに入れていた。

「おいしいかい」

おとうさんはつぶやいた。

おとうさんは、なまのお肉を、あなにくわせているのだ。

あげてもあげても、あなは、もっともっとというように、ふるえ、大きくなったりちいさくなったりした。

あなは欲がふかい。

おさらのお肉がなくなると、こんどはおとうさんが、ゆっくりと足のさきからあなのなかに入っていった。

おとうさんは、自分のからだをあなにたべさせようとしているのだ。

あなのふちが、おとうさんのからだにそって、すっぽりとおとうさんをのみこんでゆく。

夢をみているように、おとうさんはめをとじている。

あなにたべられるのは、すごく気もちがいいんだ――ぼくはそう思った。

ぼくはびっしょりとあせをかいていた。

からだがあつくほてって、息をするのもくるしかった。

――ぼくもあなにたべられたい。

ぼくのあそこがものすごくかたくなっているのに、ぼくは気がついた。

おとうさんのからだがすっかりあなにのみこまれたとき、ぼくは、ふらふらとへやのなかに入っていった。

あなは、ちいさくすぼまり、おとうさんをたべているように、よじれたりしてうごいていた。

ぼくはパジャマをぬいではだかになった。

すぼまったあなに足のさきでさわると、あながすっとひろがってぼくをたべはじめた。

あなのなかは優しくあたたかかった。

うごめくあなにのみこまれ、つつまれていると、すごくいい気もちだった。

もうなんにもしたくなかった。

このままねむってしまいたかった。

「とうとうわかってしまったな」

そのときおとうさんの声がした。

まっくらでなんにも見えない。

おとうさんの声は、もう怒っていなかった。

「おとうさんは、ほんとうはあながすきだったんだね」

ぼくがいうと、暗いあたたかなどこかで、こくんとおとうさんがうなずくのがわかった。

そのあと、すこしおとうさんの気配がなくなり、しばらくしてまたおとうさんの声がひびいた。

「このあなはね、おまえのおかあさんなんだよ」

おとうさんがいった。

「おかあさんは、もうずっとまえに死んじゃったんじゃなかったの」

「ほんとうはそうじゃなかったんだ」

すまなそうにおとうさんがいった。

ぼくはおどろかなかった。やっぱりそうだったのか——そう思った。

「おかあさんはあなになってしまったんだ」

ぼくにごめんなさいをするように、おとうさんの声はひくくなっていた。

「おとうさん――」

ぼくはいった。

これまでぼくにうそをついていたことなんか気にしなくていいんだよ、というかわりに、ぼくはちいさな声でいった。

「もう、このおかあさんを、ひとりじめにしないでね――」

せつなくん

ねえ。

知ってるかい。

かれのこと。

知らないだろうなあ、きっと。

ま、知らなくてもむりはないんだけどね。

おしえてあげようか。

かれのなまえっていうのかな、あだなっていうのかな、それくらいならおしえてあげられるよ。

せつなくん、ていうんだ、かれ。

これは、まあつまり、ぼくが、かれのことそうよんでるってことなんだけどね。

せつなくんていうのはねえ、すごく小っちゃくてさ、けれど、すごく大っきいんだぜえ。

どのくらい小っちゃいかっていうとね、ちょっとことばではいえないんだけれどね、ほら、ぶんしとか、げんしとかいうのがあるだろう。

まず、そのげんしなんかよりは、ずっと小さいね。

どんなに小さいにしろ、げんしはものさしではかることが（もちろんそんな小さなものさしなんてないけどさ）できるけれど、せつなくんは、どんなものさしでもはかることができないんだからね。

それでせつなくんの大きさはというとね、これがね、ちきゅうよりもね、たいようよりもね、ぎんがけいなんていうものよりもね、ずうっと大きいんだよねえ。

不思議だろう。

ん！

なに。

あい、だろうって？

あいっていうのは、愛ってかく、あのあいのことかい。

うん。

なかなかいいとこつくじゃないか。

でも、ちがうんだね、それが。

たぶん、ちがう。

いや、きっとね。

似てるというやつもいるんだけどさ。

このせつなっていうのはね、ぶっきょうのことばなんだ。

ぶっきょうでいっている、いちばん小さいじかんのたんいが、このせつななんだよね。

で、このせつなくんの、ぐたいてきな大きさというか、小ささのことなんだけどね、
ちょっと、うまくせつめいできないなあ。

目に見えるんだけれども目に見えないというか、目に見えないんだけれども目に見えるというか――。

そうだなあ。

はば、といういいかたならわかるかな。

ほら、ここからそこまでという、あのはばのこと。

せつなくんのはばはね、きみたちが、そんざい、とよんでいるもののはばと、おなじなんだ。

もうすこし、いいかたをかえてみようか。

せつなくんのはばは、げんざいとよばれているじかんのはばと、おなじなんだ。

これならば、わかるだろう。

げんざい、というのは、みじかい。

いっぷんよりも、いちびょうよりも、ずっと、ずっとみじかい。

いや、ながいとか、みじかいとかを、もう、こえてしまっているね。

げんざい、というのは、さっきのことでもこれからのことでもない、いま、なんだ。

でも、いま、といったときには、もう、いまではなくなっている。

どんなにはやく、いま、とさけんでも、そのいまは、ほんとうのいまではなくなっている。

だれも、いま、というじかんを、ひとにしめすことはできない。

けれども、いま、っていうのが、ちゃんとあることは、きみも知っているだろう。

そのいま、つまりげんざいとよばれているもののはばと、せつなくんのはばとは、ぴったりおんなじなんだ。

だから、せつなくんが住んでいるのは、げんざいのなかだけなのさ。

かこにもいたし、みらいにもいるのだろうけれど、ほんとうにせつなくんが生きてそこにいるのは、げんざいだけ。

うーん、どういったらいいのかな。

せつなくんは、たくさんいる、ともいえるし、たったひとつしかいない、ともいえるんだよね。

どちらも正しいの。

せつなくんとせつなくんとは、つながっていてね。

かこにいたせつなくんと、いまいるせつなくんとは、おんなじものであっておんなじものではなく、ちがうものであってちがうものではないんだね。

いちびょうのなかに住んでいるせつなくんの数と、いちじかんのなかに住んでいるせつなくんの数とは、おんなじなんだ。

もちろん、いちねんのなかに住んでいるせつなくんの数も、おんなじということだよ、これは。

きみたちは、いつも、げんざいに住んでいる、たったひとつのせつなくんしか見ていないんだけどね。

で、せつなくんの大きさなんだけどね。

せつなくんの大きさは、このうちゅうとおんなじなんだよ。

ほら、せつな、という、ぶっきょうのいちばんみじかいじかんのなかにも、ちゃんとうちゅうがはいっているだろう。

げんざいというじかんのはばのなかに、ぴったりまるまるうちゅうぜんぶが在《あ》るじゃないか。

だから、せつなくんも、そんざいも、げんざいも、うちゅうも、ぴったりおんなじ大きさなのさ。

ね。
ぼくが、さいしょに、せつなくんのこと、すごく小っちゃくて、すごく大っきいって
いったこと、わかってくれたかい。
どう？
そのせつなくんなんだけどね。
ぼくとかれとは知りあいなんだ。
きょうだいじゃないかっていうやつもいるんだけどね。
ま、そんなことはどっちでもいいさ。
どちらにしても、たいしたちがいはないとおもうしね。
ぼくと、せつなくんとは、おなじものからできているんだ。
まあ、ぼくらのなかまというのは、みんなおなじようなものなんだからね。
え？
かれは、ぼくのことをなんてよんでいるのかって？
いいよ。
おしえてあげるよ。
べつにかくしてるわけじゃないんだからさ。
いいかい、
へるもんじゃないしね。

うん。
かれはね、ぼくのこと、
〝むげんくん〟
てよんでいるのさ。

異形戦士

春である。

ルンピニーの園では、無憂樹《むうじゅ》が真紅の花を咲かせていた。

シッダールタ太子は、ヴィサーカ月の黒の半月の間、毎日雪山《ヒマーラヤ》を睨みつけてすごした。カピラヴァストゥーの王城から見る雪山《ヒマーラヤ》は、遥か碧空に白くそびえていた。

無憂樹の花の甘い匂いが風に乗って漂ってくる。

だが、シッダールタの焦燥は深まるばかりだった。

「どうにもならぬものなのか」

シッダールタは呻いた。

この輪廻《めぐ》りゆく天地の動きを、人の身の誰が止められよう。

シッダールタの、美しい、少年か少女のようにも見える顔に、深い影が宿っていた。

紅をぬったような赤い唇は、堅く閉ざされたままだった。

灰色の、微かに淡い青みのかかった瞳を、じっと白い遥かな岩峰にそそいでいる。

「あの雪山《ヒマーラヤ》ですら、いつかは滅びゆく変転のうちのひとつなのだ――」

そう言った旅のバラモンの言葉が耳から離れなかった。

「山でさえゆく、人の肉体が滅びぬわけがあろうか」

バラモンはそうも言った。

シッダールタには信じられなかった。

理屈はわかる。しかし、今目の前にしているこの山が、いつにしろ滅びるものとは想われなかった。

何故死ぬのか。

人が、である。

人だけではない。犬も牛も山羊も鶏もみな死ぬ――。

何故か。

何故、人は病み、老い、やがては死なねばならぬのか。

そのことが、ここ数年、シッダールタの頭を離れなかった。

酒も、女も、音楽も、聖典《ヴェーダ》も、気持を楽にしてはくれなかった。

贅沢な悩みであるとはわかっている。

少なくとも奴隷《シュードラ》たちは、このことについては別の考えを持っているだろう。抱きたいと思った女をいつでも抱くことができるシッダールタとは立場が違う。しかし、立場には関係なく死はやってくる。士族《クシャトリヤ》も奴隷《シュードラ》もない。

贅沢であろうが悩みは悩みだ。

たとえシャカ族の王の息子であろうと、悩みはある。その悩みには正直にのめり込んで、真剣になんとかしたかった。

それで、半月前、旅のバラモンを呼んでたずねたのである。

「何故、人は死ぬのか」

その答えがさっきの言葉であった。

わかったようなわからぬような、ヘンな答えであった。だまされたような気がした。だが、シッダールタの頭には、わけのわかったようなバラモンの薄ら笑いがまだ残っている。

旅のバラモンにわかって、この自分にわからない。それがくやしかった。いたたまれなかった。考えれば考えるほど、胃がきりきりと痛んだ。それがくやしくてなお考えた。

胃が裂けるなら裂けてみろという気持だった。

それでシッダールタは山を睨んでいる。

バラモンが言ったことがもうひとつあった。

「おまえ、おもしろい」

バラモンはそう言ったのである。

何がおもしろいのか、その時はそう思った。こっちが真剣になっているのにである。

「人に聞くな。己《おの》れでやることだ。そのやり方を教えてやろう」

バラモンが教えてくれたのは座り方であった。

背を伸ばし、あぐらをかき、目を閉じて心を無にするのだ、と言った。

「無とはなんだ」

シッダールタは聞いた。

「無は無よ」

「それではわからん」

「わからぬから教えてやろうというのだ」

「座れば無がわかるのか」

「わかる」

「無がわかれば、人が何故死ぬのかわかるか」

「わかる」

「では教えてくれ」

そうしてシッダールタはその座り方を教わった。

「バラモンにしては奇妙なことを知っているな」

「わしはほんとはバラモンではない、沙門《しゃもん》だ」

「ふうん」

「おぬしは、素質がよい。座ればたちどころに無がわかろう――」

バラモン――沙門はそう言った。

その沙門を、シッダールタの父のシュッドーダナ王が殺してしまったのである。

沙門を、自分の息子を惑わす悪魔《マーラー》と想ったのだ。

これ以上、自分の息子がへんな考えにのめり込むのを何としても阻止したかったのだ。

首は、城壁の北にさらされた。

シッダールタは、それを毎日見に行った。首を見ながら山を眺めていた。

今も、沙門の首は目の前にある。

首はただの首であった。

死についてわかったような顔をしていても、やはり死ぬ。死は死だ。それではこまるのである。

自分が望むのはもっと別のものだ、とシッダールタは想った。

しかしどうすればいいのだ。

シッダールタは、ようやく、沙門の教えてくれた座り方を試してみようと想った。

今まで、言われた通りにするのがくやしくて、そのままにしておいたのだ。

シッダールタは、目の前にあるピッパラ樹の根元に座った。

言われたように、背を伸ばして座り、目を閉じた。

目の上にちらちらする木もれ陽が気になった。遠くで鳴く牛の声も耳に入ってくる。なかなか無にならなかった。

従者が何人かやってきて、シッダールタの姿を見つけたらしく、そんなことはやめて下さいという声も聞こえた。

しかしここでやめたら、だめだと想い、何と言われても、目を開けず、そのまま座っていた。

そのうちに、従者の声が遠くなり、木もれ陽も気にならなくなってきた。

ふいに無になった。

まっ暗闇に自分ひとりになっていた。

いや、闇というのとは少しちがう。透明感があるのである。しかし、どこまで行っても透明は透明で何も見えない。だから、それが闇に見える。

「これが無か」

つまらん、とシッダールタは想った。

ただ暗いだけではないか。

ふいに、シッダールタは、自分が目で見ているのではないことに気がついた。もっと何か別のもので闇を見る、というより感じているらしい。

「おもしろい」

こんどはそう想った。

しかし、おもしろいということは、そう想っている自分がいるということである。何かがいては無であるまい。

そう考えているうちに、自分がどこかへ流されていくような気がした。動いてないようだが動いている。

自分が動いているのかまわりが動いているのかはわからなかった。

ふいに、シッダールタは、自分の身体が引かれるのを感じた。

おやおやと想っているうちに、ぼんやりと何かが見えてきた。

樹があった。

その下に自分がいるらしいことに気がついた。ピッパラ樹ではない。見たこともない樹だった。

そして、自分が座っているのではなく立っていることに気がついた。

自分は、大人ではなく、少年になっているようだった。十歳をまだいくらも出ていない少年だ。

少年はおびえていた。

死におびえていた。

まわりに人がいる。その人々が自分にむかって何か言っている。異国の言葉である。力づけようとしているらしいのはわかったが、それ以上はわからなかった。

声をかけられても、少年の死へのおびえはおさまらなかった。それを、シッダールタは自分のことのように感じていた。

何かのあだうちの現場に、シッダールタは居あわせているらしい。その主人公が少年であった。少年はかたきを待っているらしい。シッダールタは、その少年とぴったり重なりあって存在していた。

ふいに悲鳴があがった。

人が死ぬ直前に放つ断末魔の悲鳴だ。

まわりが急に騒がしくなった。人と人とがぶつかりあい、おめき声をあげ、剣と剣とがぶつかりあう音が響いてくる。

いきなり、目の前に、黒い影のような巨漢が出現した。両手にひとふりずつの剣を下げ、蓬髪《ほうはつ》を逆立てている。悪鬼のようにギラギラ輝く双眸《そうぼう》が、少年とシッダールタを睨みつけていた。

圧倒的な力の風圧が、どっとその男の肉体からたたきつけてきた。

男の剣が一閃《いっせん》し、少年の首がとんだ。

少年は声をあげる間もなかった。

シッダールタは、生まれて初めての恐怖の悲鳴をあげた。しかし、それは声にはならなかった。シッダールタは、少年と共に死にながら、しかも、少年の首が、血をふきながら弧を描いて宙にとぶ様《さま》を見た。

「武蔵、一乗寺の下がり松において、吉岡の壬生源治郎をうちとったり！」

その巨漢がそう叫ぶのを聞いた。

シッダールタの意識は急速に薄れ、気がつくと、知った従者の顔が上から自分の顔をのぞき込んでいた。そこは、あのピッパラ樹の根元であった。シッダールタは仰むけに倒れた格好で目を開けたのだ。

従者の頭越しに、ピッパラ樹の風にそよぐ梢が見え、さらに上に、陽光に輝く蒼い空があった。

「無ではわからん」

シッダールタは、そうつぶやいた。

「不老不死になるための方法を捜しにゆく」

シッダールタがそう言って王城を抜け出し、沙門となったのはそれから三日後であった。

シッダールタが仏陀《ぶつだ》と呼ばれ、ピッパラ樹がやがて菩提樹と呼ばれるのは、これから六年の後のことである。

輪廻《りんね》譚《たん》

寒際《かんざい》も半ばを過ぎた、磨祛月《マーガ》のある晩のことでございます。

マガダ国に近い森の中で、ひとりの美しい旅の沙門《しゃもん》が眠っておりました。

沙門は、眠りながら考えておりました。

夢の中に、ひそひそと響いてくる声があるのです。それは、現《うつつ》の彼方からとどいてくる秘めやかな男女の睦言《むつごと》のようでもあり、また、夢のさらに深い朧《おぼろ》の奥からとどいてくる、おのれの心のつぶやきのようでもありました。

沙門は、それが何の声なのか、さっきからしきりと耳を傾けているのですが、見当がつかないのです。

ラングーン猿が、どこかの樹の梢で短くひと声鳴きあげました。不吉な夜の獣が、樹の下を通ったのでしょうか。

そして、沙門シッダールタは、ゆっくり目を醒ましたのであります。

横になったままのシッダールタの眼に最初に映ったのは、白い灰の下で、赤く息をしている熾《おき》であります。夜の森の中に、消えかけた火の匂いが薄く漂っていました。

月光が雲間からこぼれ、森は、きらきらと青い燐光を帯びておりました。

——何で自分が眼を醒ましたのか、はじめ、シッダールタにはわかりませんでした。

半身を起こして手をつくと、焚火の余熱で地面は温かくなっていました。夢の余韻に触れたように、その手触《ざわ》りが、あの声のことを想い出させました。

風は、ひいやりと冷たく澄んでおりました。こういう晩には、よく森があやかしをするのでございます。旅人によくない夢を見せたり、怪《もののけ》が騒いだりするのです。

シッダールタは耳をすませました。

すると、はたして、微かに声は聴こえているのでありました。シッダールタは立ちあがり、ゆっくりと声のする方に歩いてゆきました。そして、シッダールタは見たのでありました。

一本の沙羅《シャラ》樹の古木の下に、火を囲んでみっつの人影が話をしていました。

ひとりは、白い髯をはやした老人で、粗末な緑色の衣を着ておりました。緑地に、点々と赤い模様がついています。もうひとりは黒い腰布をつけた色黒の青年で、残ったひとりは女でありました。女は、美しく、白い乳色の肌をしていました。カーシー産の絹よりもなお薄く、かろやかな白い布がその身を包んでいます。その布の裾は、薄紅色に染められておりました。

誘われるようにシッダールタが近づいてゆくと、

「まあ──」

と、女が芳《かぐわ》しい声で小さく囁《ささや》きました。

「これは、これは、お客様ですな──」

老人がシッダールタに眼をやりました。

火を囲んだ三人の前には、小さな木製の椀が並んでおり、酒が入っていました。

酒を注《つ》いでいるのは女でした。

「あなたがたは、こんな所で、いったい何をしているのですか──」

シッダールタは訊《なず》ねました。

三人はしばらく顔を見合わせ、やがて、何ごとか決心したように青年が口を開きました。

「私たちは、親子なのです。ずっと昔に離ればなれになっていたのが、縁あって久しぶりに今夜顔を合わすことができ、こうして喜びの杯をかわしているのでございます」

しかし、そう言う青年の顔には、どこか哀しみの色が漂っているようでありました。

このことを訊ねようとしますと、いち早くシッダールタの想いを読んだように、こんどは老人が口を開きました。

「ようやく巡り合ったのですが、もう明日の朝にはまたわかれねばならないのです。しかも、私は、私の父を殺してしまうことになっているのです——」

老人は、傍の青年を指さしました。

「どういうことですか」

「そういう運命《カルマ》なのでございます。業《カルマ》にはさからえません。実は、私たち親子が死にわかれたのは、もう七百二十年以上も昔の前世のことでございましてな。その時は、そこの青年が私の父でありました。今はそれぞれ別の生を享《う》けておりますため、このように見えますが、当時は、そこの娘と私は兄妹だったのでございます。輪廻《サンサーラ》でございますよ」

「——なんと」

「私の身体は、内側を悪い虫に喰われ、もうぼろぼろに腐り果てておりましてなあ。父を殺して、私自身もまた死んでゆくのでございます——」

緑色の衣をひとゆすりして、老人は自分の言葉にうなずきました。衣の赤い模様が、はらはらと、月光と炎の灯りの中でゆれました。

薄紅色の裾の白い布に身体を包んだ女が、静かに口を開きました。

「わたくしが、父と兄の死をみとることになっているのです」

「我々のことにあなたが気がつき、こうしてここまでやってきたというのは、あなたが特別な運命を背負っているからなのでしょう。こんなことをあなたにお話したのも、それを強く感じたからでございます。今夜はどうか御一緒に、私どもの酒を味わっていってください」

不思議な話に驚きながら、シッダールタはすすめられるままに酒を飲んだのであります。

「何か、私にしてあげられることはありませんか――」

酒を口に運びながら、シッダールタは言いました。

「ひとつだけ、頼まれていただけますか――」

青年――ふたりの父が言いました。

「私は死んだ後、すぐに近くのかじやの息子として生を享けることになっています。もしあなたが、明日私どもの死んだ場所に行き合わせましたらお願いしたいことがあります。かじやの子が生まれて、その子が泣きやまず乳を飲まない時には、助けてやって下さい」

シッダールタが記憶《おぼ》えているのは、そこまでであります。酔いが身体中にまわり、シッダールタは眠りに落ちていたのです。

翌朝眼醒めた時、シッダールタはもとの自分の焚火の前におりました。昨夜、女からもらった酒の、微かに甘い香りが唇にほのかに残っておりました。

その日の昼頃、森を抜けたシッダールタはある村に出ていました。

村には広場があり、そこに大勢の人が集まっていました。近づいてみると、広場の中央に、一本の舎摩利樹《サマリン》の老木が倒れ、まわりに赤い花が鮮やかに散っておりました。

「どうしたのですか」

シッダールタが訊《き》くと、村の者が答えました。

「今朝方、ほとんど風もねえのに、いきなり舎摩利樹が倒れたのさ」

シッダールタがよく見ますと、倒れた幹の内部は腐《こ》っ《い》て《つ》ぼろぼろになり、大きな空洞が口を開けていました。

「寿命だったんだよ。樹が倒れた時、幹の下敷になって、黒い犬が一匹死んだけどね。人にケガがなくてよかったよ」

黒い犬の死骸が、幹の下になって倒れておりました。犬の口から流れた血が、地面に黒いしみとなっていました。犬の頭のすぐ上あたりに、倒れた舎摩利樹の幹から一本の枝が伸び、その青葉の間から一輪の赤い舎摩利花が鮮やかに花弁を開いておりました。他の枝の花は、すでに勢いが失くなっているのに、その花だけは、舎摩利樹の最後の生命を凝縮させたように、あでやかでございました。

その花の上に、しきりと一羽の白い蝶が舞っておりました。花にとまり、また、犬の上に舞い、ひらひらと優しく踊るその白い羽翅《はね》は、薄紅色に縁《ふち》どられておりました。

ふと想いあたることがあって、シッダールタは訊《たず》ねました。

「今朝方、この村のかじやの家に、赤ん坊が生まれませんでしたか」

「生まれたとも。ところが生まれたとたんに火をおっつけられたように泣き出して、いまだに泣きやまねえのさ。眠らず、乳も飲まず、あのままじゃ、じきに死んでしまうだろうよ」

――そうであったか。

シッダールタは心でつぶやき、白い蝶が舞っている、花の咲いた枝を折りました。

「その家はどこですか」

シッダールタはその家の場所を訊ねました。教えられたように歩いてゆくと、はたして赤ん坊の声が聴こえてまいりました。

シッダールタはその家へ入ってゆき、無言で、泣きじゃくる赤ん坊の上に花のついた枝を置きました。すると、赤ん坊は枝を抱えるような仕種《しぐさ》をし、うそのように泣きやんだのでありました。

シッダールタが外に出ると、さっきの白い蝶が現われ、ふっとシッダールタの唇にとまり、そして空に舞いあがって消えてゆきました。

シッダールタの唇には、昨夜の甘い酒の味と、舎摩利花の香りとが微かに残っていたのでございました。

ヒトニタケ

ヒトニタケ、というのがあるそうである。

漢字で「人似茸」と書く。

人に似ているからヒトニタケなのだそうだ。

ぼくが、初めてこのキノコの名前を聞いたのは、友人の森山からだった。

森山は、キノコのことについては、実に博識だった。本にのってないようなキノコの名前を知っているばかりか、そのキノコの喰べ方、料理のしかたまで知っているのである。

日本のキノコにも、ドラッグとして使えるものがあるんだぜと、ぼくに本当か嘘か、楽しそうに言っていたのを、今でも思い出す。彼に言わせると、一種類の木に、最低でも一種類のキノコがあるらしい。種類はというと、べらぼうな数だそうで、未発見のものや、分類のいいかげんなものがごっそりとあるという。

で、ヒトニタケの話だ。

このヒトニタケ、森山のやつが信州に出かけたときに、炭焼きをやっているその土地のじいさんから、酒の席で聞き込んできたものだ。

カサは大きくなく、食べごろの松茸くらいの大きさで、山の橅《ブナ》林の中に、人が手足をそろえて気をつけをしたような姿で、ちょこんと生《は》えているらしい。

カサが黒くて、その下にある模様が人間の顔みたいに見えるというんだけど、どんなものなんだろう。

もっとも、ヒトニタケを見た人というのはめったにいなくて、その炭焼きのじいさんでさえ見たことがないらしい。じいさんのじいさんという人が、一度見たことがあるというだけのことで、まあ、酒の上でのヨタ話と聞いておくのが無難《ぶなん》としたものだろう。

森山がこのヒトニタケ捜しに夢中になってしまったのはともかく、幸子までがそうなってしまったとあっては、ぼくとしてはおだやかじゃない。

「そろそろ森山のことは忘れてもらいたいな」

ぼくは、冷《さ》めかけたコーヒーを前にして、幸子に言った。

「もう、あの人がいなくなって二年目ですものね」

「そうさ。それを、いまごろになって、ヒトニタケを捜しに行きたいだなんて」

「ごめんなさい、川島さん。でも、わたしの決心はかわらないの」

幸子はそう言って目をふせた。

ぼくと森山、そして幸子の三人は、同じ大学の同じゼミで知りあった。

もう卒業して三年になる。

ぼくと森山とは、かわいくてどこか素朴《そぼく》な味のある幸子を同じように好きになり、幸子は卒業まぎわに森山を選んだのだった。

そして翌年の、つまり二年前の秋に、事件がおこったのだ。ふたりが式をあげる一ヵ月前だった。

南アルプスに単独で出かけた森山が、そのまま行方不明になったのである。

「森山さんは、ヒトニタケを捜しに行くと言って出かけたまま帰ってこなかったのよ。きっと、あの赤岩岳《あかいわだけ》のどこかだわ」

森山が、初めてヒトニタケの話を聞いた場所というのが、その南アルプスの赤岩岳だった。

ぼくは、コーヒーに口をつけずに、幸子の顔を見ていた。

「あそこは、大勢の人が、もう何度も森山を捜した所だよ」

「わかってるわ」

「それで気がすんだら、ぼくのプロポーズを受けてくれるかい」

「ええ」

幸子はこくんとうなずいた。

「五日間よ、五日間でいいわ。あの人が捜そうとしていたヒトニタケを、わたしが捜すの。いまはちょうど十月、ヒトニタケが出るとしたらいまごろだわ」

「わかった。そのかわりに、ぼくも行くよ」

そして、ぼくと幸子とはそれぞれの勤め先から休みをとり、十月の南アルプスへと出かけたのだった。

ぼくと幸子とは、赤岩岳のふもとの民宿に宿をとり、毎日、朝から山にはいった。

もう紅葉がはじまっていた。

ぼくは、幸子のあとをゆっくり歩きながら、不安な気持で、青い空を見あげたり、湿《しめ》った土の匂いを嗅《か》いだりした。

一日目、二日目、三日目、四日目と、ヒトニタケは見つからなかった。

もっとも、ぼくらは現物はもちろん写真さえ見たわけではないし、絵だって見たわけではないのだ。本物のヒトニタケを目の前にしたところで、わかるはずもなかった。まさか、話どおりに人間そっくりというわけでもあるまい。

——五日目。

ぼくたちはいつものように朝早く民宿を出た。山に入った。それでヒトニタケが見つからなければ、夕方に山を下り、そのまま駅へ向かうつもりだったから、荷物は全部持って出た。たいした荷物ではない。小さなザックが互いにひとつずつである。

幸子は、小さなシャベルを腰に下げていた。ヒトニタケを見つけたら、土ごとそれを掘りとって家に持って帰るつもりらしかった。

この数日で、幸子はすっかりヒトニタケに憑《つ》かれたようになっていた。

「こっちへ行ってみましょう」

幸子は、橅《ブナ》林の中の小尾根《こおね》から、さらに上へ登りはじめた。

「だめだよ」

ぼくは言った。

「なぜ？」

幸子が立ち止まってふり返った。

「そっちは危険だ」

「だいじょうぶよ。これくらいの所なら何度も歩いたことあるもの」

「だめだ」

「いいわ、独《ひと》りでも行く」

独りで登りはじめた。

しかたなくぼくもあとに続いた。

林の中に、シラカバやダケカンバが混じりはじめている。それだけ高い所へ来たということだ。

「川島さん」

幸子が歩きながら言った。

「あなたどうしたの。この数日、なんだかとっても元気がないみたい」

「そんなことはないさ」

ぼくは答えた。

幸子の足が早くなっていた。

何かにひきよせられるように、どこかへむかっていた。

――どこかへ？

どこかへではない。むろんあの場所へだ。

ぼくの額《ひたい》にはじっとり汗がにじんでいた。

幸子は、尾根から右手の斜面を下りはじめた。長い間に積もった落葉が、足の下に柔《やわ》らかくはずんだ。

ふいに幸子が立ち止まってしゃがみ込んだ。

そうだ、まちがいなくその場所だった。

「あったわ、見て！　これがヒトニタケよ」

幸子がうわずった声で叫んだ。

――そんなばかな。

ぼくも心の中で叫んでいた。

こともあろうにこの場所に、あるかないかわからないヒトニタケなどが生えているなんて――。

ぼくはそれを見た。

それは、ほんとに人間そっくりだった。

それも、ただの人間ではない。

そのキノコは、森山にそっくりだったのだ。

あの森山が十五センチくらいの背丈になって、裸で気をつけをしながらぼくを見あげているのかと思った。

幸子はシャベルでその土を掘りはじめていた。

「やめろ！」

ぼくは幸子の肩に手をかけた。

幸子はすごい力でぼくをはねのけた。

「見つけたわ！　とうとう見つけたわ！」

狂ったようにシャベルを動かした。

「そこを掘るんじゃない！」

ぼくは叫んだ。

だが、もう、幸子を力ずくで止める気力は失《う》せていた。

掘っても掘っても、ヒトニタケの根は、さらに深い地中にあるらしかった。

六十センチ以上も掘ったころ、ふいにシャベルの音がやんだ。

幸子が、シャベルを捨て、土の中を手でさぐる。

瞳がギラギラと輝いていた。

幸子が、身の毛が逆立つような悲鳴をあげた。

土にまみれた森山の顔が、そこにあった。

森山の顔は、腐り、白骨化しかけていたが、思ったほどは崩れてはいなかった。

ヒトニタケの作用によるものかもしれなかった。

ヒトニタケは、ちょうど森山の額のあたりから生えていた。冬虫夏草《とうちゅうかそう》という、昆虫の死体から生える特種なキノコがあるが、ヒトニタケは、人の死体から生えるキノコだったのだ。

「とうとうそれを見てしまったね」

ぼくは優《やさ》しい声で言った。

「あなたは、知っていたのね」

「ああ」

ぼくはうなずいた。

幸子が激しく泣きじゃくりはじめた。

ぼくは言った。

「きみを愛している。できることなら、ほんとうにきみと結婚したかったよ。きみさえ、このことに気がつかなかったらね——」

あらいざらいしゃべるしかなかった。

「あの日、ぼくは、森山のあとを尾行《つ》けて、この赤岩岳のこの場所までやって来た。ぼくは、森山と話をつけるつもりだった。よその土地でなら、気がねなく話ができると思ったんだ——」

ぼくはいったん言葉を切り、深く息を吸い込んだ。

「ぼくは、きみをここへ来させたくはなかった。きみが、ショックで忘れていたことを思い出しはしまいかとおそれたんだ。きみがここへさえ来なければ、このことは、ずっとぼくひとりの胸にしまっておけたんだ。きみは、もう、みんな思い出してしまったんだろう？」

泣きながら幸子がこっくりをした。

「ぼくは、ここで、森山に頼《たの》むつもりだった。あの女と手を切って、きみを幸せにしてやってくれと——。森山に女がいて、ときどきふたりが会っていたのは、きみも気がついていたんだろう」

「ええ」

幸子は泣きやんでいた。

「きみを愛してたんだ。でも、もうおそい。あの時も、森山は、下の温泉で女と会い、その後ひとりで山に入ったんだ。けれど、森山のあとを尾行《つ》けていたのは、ぼくだけじゃなかった。きみも彼のあとを尾行《つ》けていた。驚いたよ。森山の後を尾行《つ》けていて、君の姿を見つけた時にはね。おかげで、ぼくは、森山に声をかけることができなかった。そのかわりに、見たくないものを見てしまったんだ。きみは、森山と女が会っている現場を見てしまった。そのあと、女とわかれた森山のあとを追って、きみもここまでやって来たんだ」

幸子はうつむいて頰を蒼白《そうはく》にしていた。

「森山を殺してここへ埋《う》めたのはきみだ」

こくん、と、小さく幸子がうなずいた。

ふりんのみち

窓、開けなよ。

いい風だね。

車が風船みたいに風でふくらんでくるじゃないか。

素敵な道だね。

こわいくらいにさ。

うん、知ってるよ。時々事故なんかがおこったりするんだってね。

幽霊なんてことはないと思うよ。それはうわさだろう。運転のヘタなやつがね、スピードを出すからさ。まがりくねった山道には違いないからね。

風、好きだろう。

ブナやクヌギやナラの青葉がきらきらしているね。

ああ、これはね、新緑の匂い。

吸い込んだ空気で肺までがみどり色に染まってしまいそうだよ。

ぼくはうっとりと眼を閉じそうになる。

耳にかぶさった髪を、風がゆすっている。毛先が頬《ほお》に触れている。くすぐったいような、哀しいような、不思議な痛さ——。

ああ。

もうすぐ陽が山にかくれてしまうよ。そうなればすぐに暗くなる。もう夕方だからね。明るいからといって、だまされちゃいけない。外が明るく見えるのはぼくらの眼が慣れてしまっているからなんだ。暗くなるのと一緒《いっしょ》に、瞳孔も開いていくのさ。

だから、知らない間に、ふいに夜はやってくる。

右側の、深い谷の底から、水の音が聴こえてくるね。陽は、もう、谷の底までは射《さ》してないだろう?

この谷をぬけて、峠へ出るまでには、きっと陽は沈んでしまうだろうな。

きみは、ころころとよく笑うね。

いや、今のことじゃなくてさ。まだぼくときみが知り合った頃のこと。きみの笑顔をさ、ぼくはほんとに好きだったよ。

ああ。笑えば笑うほど淋しくなってくる時って、やっぱりあるみたいだね。

ぼくたち、どこまで行けるんだろうね——。

言ってから、ぼくは少し黙る。

ハンドルを握りながら風の音を聴いている。

きみの視線が、時々ぼくの頬をくすぐるのがわかる。

少しは暗くなったかい。

そうか。

そうだね。やっぱり中年には違いないんだろうね、きみも、ぼくも。

この歳になればね、だいじなもののひとつやふたつ失《な》くしてしまうという経験は、誰でも少しは持っているさ。きみもぼくも、それぞれ違う生き方してきたんだろうけど、結局は、おばんとかおじんとかでひとくくりにできるような今のこの場所にね、いつの間にか立っているんだね。

きみにもぼくにもね、もし子供がいなかったらなあってね、時々そんな夢みたいなことをね、馬鹿だねえ――。

まあ、少しはさ、生きるというのかね、人生というのかね、照れくさいけどね、なんというのかね、そんなもののね、まあこんなもんなんだろうというそのくらいはわかってきたようなね。

今さら、うちのやつに、初恋みたいに胸をときめかせてると言うつもりはないよ。まあ、うまく添いとげられれば、それはそれでめっけものみたいには思ってるよ。

やっぱりね、わかってるだろう、きみだってさ。結局は、誰とくっついても、男と女とは案外同じとこみたいなところってあるよね。一緒になろうとは、どちらの口からも言えないよなあ。きっと、ぼくたち、案外醒《さ》めているのかもしれないねえ。

別に、今、別れるきっかけを捜して走ってるわけじゃないしね。

結局さ、あの峠を越えてくにしろ、また帰ってはいくんだろうね、もとの場所にさ。

お互い、かなりのワルなのかもね。

でも、人間て、みんなワルなんだろうね。たぶんね。ワルだといいな。

暗くなってきたね。

ああ、峠、まだみたいだね。

どうしたんだろうね。

スピード、出していいかい？

ヘッドライト、点《つ》けようか。

ぼくの肩に頭のせてもいいよ。

うん、このくらいの重さを感じながら運転しているのって、ぼくは好きだな。ぼくがね、こんな時に何を考えてるのかというとね、ここで車を止めてね、きみを裸にしてね、襲いかかってしまおうかとかね、そんなこと頭の中で考えてね、楽しんだりしているの。ねえ。

ほんとうに、人生で、いいことわるいことって半分ずつだと思うかい。そんなの百歳まで生きてみなきゃわかんないよねえ。三十歳で死んだひとなんてこまっちゃうよね。

どう？

誰かとっても不幸だったひとが造った言葉なんだろうね。

それとも、案外、他人《ひと》よりもいい思いをしているやつが造った言葉なのかもしれないね。幸福が照れくさくってさ、おれだって不幸はあるんだよとムリしちゃった言葉かもね。

いろいろなんだろうな。

けれど、これはぼくたちのことだもんね。

うん？

ああ、少し、スピードがあがったみたいだね。自分でスピードあげたの。他人があげたみたいな言い方しちゃったけどさ。

夜の中に、風を切って、ぐんぐん潜り込んでゆくみたいだな。

これが、帰らなくていいドライブなら、なんていいだろうにね。

いくら持ってるの？

二万円？

ぼくのと合わせても十万円ほどだね。

何日もきみと旅したら——ケンカするだろうかね。それよりももっとこわいのはお互いに飽きてしまうことだろうな。こうやって時々会えるというのがいいんだろうね。

すっかり夜だね。

峠、まだかな。

何？

知ってるよ、事故のことはさ。ただの事故だよ、事故。みんな酔ってたんだろう。

平気だよ。おれはさ。素面《しらふ》だし。スピードだってまだまだ出せるよ。ほら。これだけスピードあげても平気だろ？

対向車？

走ってるのはぼくらの車だけさ。夜は、ヘッドライトの灯りで、対向車が来ればすぐにわかるんだよ。

ぼくのこと好きかい？

はは。こわかったらぼくにしがみついてなよ。出すよ、スピード。平気だってこと、きみに教えてやるよ。ほら。

ね。

これ？

これはタイヤの音。急カーブだったからね。このくらいはみんなやっていることだよ。平気なんだから、もっともっとスピード出したって。

ベルト、しめてなよ。

何がこわいの？

何を見てるの？

ぼくの顔、どうかしたかい。普通の顔さ。眼なんか吊《つ》りあがってないよ。だいじょうぶ。もっとスピードあげてもね。

ほら。

ほら。

ね。

ぐんぐん走るね。吸い込まれていくみたいだね。そうだ。手放しというの、やってみようか。

ほらあ！

ぼくは、きみの眼の前で、ぽんと両手をたたく。

馬鹿だなあ、ちょっとだけじゃないか。あぶなくなんかないよ。わざとやっているんだからね。わざとやっているうちは平気なんだよ。ね。ね。

どきどきしてくるね。心臓が口から飛び出しそうだな。

はは。きみはなんて可愛い顔をして怯《おび》えてるの？

そんな顔をしてると笑われてしまうよ。

誰に？

見えないの？　ほら、窓の外から、走りながら覗《のぞ》き込んでいるひとがいるだろう。笑ってるじゃないか。あんなに、大勢《おおぜい》、走りながら、こっちを見ているよ。手をふってるね。

ほら、走りながら、おいでおいでしてるよ。

ようし、あげてやろうかね、スピードをさ。

きみの怯えた瞳がぼくを見ている。

なんて可愛いんだろう。

スピードがあがる。

どこまで行けるのかね、ぼくたち。

このまま空を飛べるのかな。

だめだよ、降りらんないよ、こんなスピードじゃ。飛びおりたら頭は潰《つぶ》れて、ほら、窓の外で笑ってるひとみたいになっちゃうよ。

どこまで行こうか。

ぼくのこと好きかい。

ぼくは力いっぱいアクセルを踏み込む。

ほら――。

ふたりの雪

きみの詩を、読んだよ。

ぼくは、詩のこと、よくわからないんだけれど、好きだな、ああいうの。

こうしてきみを見ていると、きみがああいう詩を書くというの、ちょっと想像できない気もするし、そうなんだろうなって、どこかうなずけるような気もするよ。

ワイン、もう一杯飲むかい?

きみは、よくそういう笑い方をするね。

その白い顎の下を、指でくすぐってあげたくなってしまうな。

どう?

就職、決まった?

そう。まだなのかい。

いいさ、まだ若いんだもの。

ぼくみたいな不良中年より、ひとまわりは若いんだから。

でも、詩で食べていくというの、かなりたいへんなんだろう？

ぼくだってさ、むかしむかしには、詩みたいなもの、書いたことはあったよ。でも、今のきみの歳には、もう、書くのやめてたけどね。

このお店？

ああ、いいお店だろ。

このテーブルクロスもなかなかしゃれてるしね。あそこのシャガールの版画もオリジナルなんだって。それに、音楽だって、クリスマスに関係ないのがいいだろう？

店内には静かにモーツァルトが流れている。

この席から外が見えるといいんだけどね。

いつもは静かな通りなんだけど、今夜はきっとにぎやかだろうなあ。

窓辺の席で、こうしてぼうっと、きみと一緒に外でも眺めていたいな。

クリスマスイヴだからね、こういうお店のいい席っていうのは、どんどん埋まってしまうんだよ。でも、こういう隅っこの席というの、ぼくは嫌いじゃないよ。

なにがいいのかなあ。

きみへのプレゼント。

時々ね、考えてしまうんだけどさ。

ぼくみたいな立場の人間は、きみにどんなものをあげたらばいいんだろうってね。

あんまり安いものはいけないだろうし、高いものではきみが負担を感じるかもしれないしね。おいしいケーキなんかもいいのかもしれないんだろうけれど、あんまりガラじゃないしね。それに食べるものじゃ、その時だけで終ってしまうだろう？　かといって、いつまでも残るというものも……。

ね。

きみに欲しいものを訊いてしまったんじゃ、どこか、楽しみがないしね。

何が欲しい？

ぼくはきみの眼を覗き込む。

きみは、少しうつむいて、唇を開く。

え？

聴こえないよ。

もう一度言ってごらん。

え。

こんどうつむくのはぼくだ。

ごめんね。

ごめんね。

正直に言うけれども、今夜は、ぼくは帰らなくちゃいけないんだ。

それはきみにはあげられない。
今晩、ずっときみと一緒にいてあげたいんだけれど——。
わるかったなあ。
ぼくの方が、きみにはもっと気をつかってあげなくちゃいけないのにね。
きみの指、冷たいね。
これはペンダコだね。
なに？
雪？
雪なんか、まだ降らないだろう？
雪を降らせて欲しいのかい。
そんなことぼくにはできないよ。
ああ。
でもね、ぼくじゃなければね、もしかするとね。
誰って、悪魔にさ、雪を降らせてくれって頼めばいいんだろうってことさ。
冗談だよ。
でもね、こういうお店でね、悪魔を呼び出す方法っていうの、あるんだって。
ともだちが教えてくれたんだけどね、ほとんど根拠はないんだけどね。

うん。

やり方は覚えてるよ、まだね。

いいよ、やってみるだけならね。

メニュー、あるかい。

ブルーマウンテン――他のじゃ駄目だよ――と、ハイライト、それからマッチをもらってくれるかな。

あとは、やや大きめの灰皿をひとつ。

まず、最初はマッチを五本ね。

こうして、頭の部分を全部折ってさ。

灰皿の中に並べるの。

知ってる?

この形は、五芒星《ごぼうせい》っていうんだよ。

並べたら、その星形の真ん中に、ミルクをほんの少し垂らしてね、その上にスプーンで砂糖を敷く。

ほら、もう、ここの砂糖まではミルクが滲《し》みてはこないだろう。

その砂糖の上に、ハイライトを一本ほぐして乗せる。

その上に、さっき落としたマッチの頭を乗せてさ。

こうやって他のマッチで火を点けるんだよ。
ぼっ、
と炎が燃えあがる。
きれいなオレンジ色の炎。
ぼくは運ばれてきたばかりのコーヒーカップを左手にとって、右手にスプーンを握る。
スプーンでコーヒーをすくいあげ、小さくなりかけた炎をそれで消す。
ブラックのまんまじゃないといけないんだって。
ぼくが呪文《じゅもん》を唱えるから、その間に、何かを頼んでごらん。

もぶろおぞ
こぶろおぞ
かぶなずり
てぶなずり
ろぶろおぞ

やだな。
お店の人やお客さんと眼が合っちゃった。

へへ。

でも、さっきよりはだいぶすいているみたいだね。

ああ、ちょうど、窓側の席のお客さんも、今、帰るところみたいだよ。

どう?

何を頼んだの?

内緒かい。

教えてくれたっていいじゃないか。

ささやかな余興だよ。悪魔だって出てきたわけじゃないしね。ほんとは、ちびた鉛筆くらいの悪魔が出てきて、煙草に火でも点けてくれたらおもしろいんだけどね。

雪のこと?

え。

雪の中をふたりっきりでどこまでも歩きたいって?

はは。

馬鹿にしたんじゃないよ、今笑ったのはね。

きみがほんとに可愛くってね。

急に抱きしめたくなってしまったんだ。

ぼくの娘はまだ三歳だけれど、もう、女の笑い方や、すね方を覚えたみたいだよ。

不思議なものだねえ。
もしぼくが、きみの父親だったら、ぼくのことを殺してやりたいって思うだろうな。
出ようか。
もう、お客さんはぼくらだけになっちゃったみたいだしね。
ぼくが立ちあがる。
きみが立ちあがる。
どうしたんだろう、誰もいないね。
静かな店に、小さくモーツァルトが流れている。
ぼくらはゆっくりと歩く。
人のいないレジのカウンターに、伝票とお金を置く。
百二十円のお釣りは我慢をする。
外へ出る。
雪が降っていた。
雪よ、ときみが声をあげる。
アスファルトの道路や歩道の上に、薄く雪が積もっていた。
ほろほろと闇の中に光るネオン。
空から、ぼくのコートの肩や、きみの髪に舞い降りてくる、白い沈黙のひとひら、ひとひら……。
歩こうか。
ぼくらは、雪の中をゆるやかに歩き出す。
静かだねえ。
あそこの車も、そこの車も、なんにも動いてない。
ぼくらだけが歩いている。
車の音もない。
耳の奥に、まだモーツァルトが残っている。
どこまで歩こうか。
ぼくの広げたコートの中に、きみが潜り込んでくる。
こんな静かなクリスマスイヴなんて、久しぶりだね。
風だって、吹いてないみたいだ。
雪の上にあるのは、ぼくらの足跡だけだ。
こんな晩は、タクシーになんか乗らないよね。
それに、車だって動いてないし。
でも、ほんとに雪が降ってくるなんて、驚いたな。
ぼくのコートの左ポケットに入っている、娘へのプレゼントの包みが、こつん、こつんとぼくのお腹にあたっている。
右腕の中にはきみ。
さっきは何を頼んだんだっけ——。
ぼくは訊いた。
きみは答えない。
神さまはいなくっても、悪魔くらいならばどこかにいそうだね。
きみの身体が温かい。
静かな街に、雪が舞い降りる。
耳の奥にはモーツァルト。
どこまで歩こうか——。

あとがき

これは、ぼくの最初の掌編集である。そして、たぶん、最後になるかもしれない掌編集である。

というのも、短い話というのは、これでなかなか書くのがたいへんなのである。頭の中の特殊な回路を必要とするからだ。いつの間にか、ぼくの頭の中の回路は長編型にできあがってしまっており、おもしろいアイデアにしろ、何にしろ、その回路の入口から頭の中に入ってきて、その回路から出てくることになってしまっているのである。自然にこうなってしまったのだ。

それでも、短編のアイデアや、文体は出てくるのだが、このような掌編となると、よっぽどうまい具合に、むこうの方からほろりとやってこないと、まず書けない。しめきりに追われて、こちらの方からむかえにゆくというやり方は、もう、限りなくしんどい作業になってくるのである。

アイデア、及び文体をひねり出す段階では、長編とほとんど同じ労力を必要とする。

おまけに、それを、短く予定の枚数に合わせるという作業がプラスされる。楽なのは、単に、枚数が少ないという、それだけの、ようするにペンを持つ手を動かす時間が少ないというそれだけのことでしかないのである。

そして、原稿料というのは、基本的に枚数計算なのである。

星新一さんが、ショートショートを一〇〇〇編書いたというのは、奇跡のようなものだ。そのために、どれだけの頭脳労働を強いられたのかを想像するだけで気が遠くなる。驚異的なことと言っていい。

楽しんで書けたのは、最初の一編から、二、三編くらいであると、星新一さんが何かのエッセイにお書きになっていたが、それはほんとうのことだ。

残りの九九〇編以上の作品は、強い意志の力と、ほんのわずかのカミサマの力でもって、書かれたものなのである。

ある時、いきなり、ぼくの頭の中で、このような短い掌編を書くための回路が動き出すこともあるかもしれないが、今のところ、それがいつになるか見当がつかない。実は、何年か前のある一時期、そういう回路がいきなり動き出して、毎月のように狂ったように掌編をぶっ書いては、『問題小説』に掲載していた時期があったのだが（『悪夢展覧会』・徳間書店・という短編集に、その時期の掌編は、ほとんど入っているので、興味のある方は、そちらを読んでみて下さいという、これは宣伝であります）、それは、カミサマのくれた夢のような一時期であり、現在は、その時の回路は、短編用のものに自己進化をとげてしまっている。

どうやら（これは、掌編とか短編とか長編とかを問わず）、アイデアというものは、ぼくたちのまわりの空気の中を、無数に飛びまわっているもののようであるらしい。

それは、空気中からぼくらの頭の中から自由に行き来できるもののようで、それが、たまたま頭の中に入ってきた時に、

「よいしょ」

と、なにかのカミサマが、タイミングよく、頭の中のある扉を開けてくれるもののようなのだ。

その扉をくぐったアイデアが、掌編、短編、長編の、どの回路の中に入り込むのかは、よくわからないのだが、どうやら、その時、一番使い込んでいる回路に流れ込み易い傾向というのは間違いなくあるらしい。しかし、そのアイデア自身にしても、長編型、短編型と色々とあり、また、もの書き個人個人の趣味や、資質もあるから、その時一番使い込んでいる回路に流れ込むとは、ひと口には言えないところもむろんあるのだが、まあ、そのようなもののようであるのである。

いやはや、とりとめない話になってしまった。

ようするに、よほど、カミサマとのいい巡り合わせでもない限り、このような掌編は

もう書けなくなってしまったよ、ということなのであった。

だから、ずいぶん長い時期にまたがって書かれた掌編が、本書の中には納められている。

「ヒトニタケ」などは、まだ、デビューほやほやの頃に書いたものだ。

さて、本書のタイトルにもなっている「奇譚草子」だが、これは、『小説現代』に、半年余り連載したものである。連載中に、読者から手紙をいただいたり、ぼくのやらかしたポカを指摘されたりと、楽しい事件もあり、そういう雰囲気をそのまま出そうと、あえて、連載中のおしゃべりやら、そういう手紙を掲載した部分を、カットせずに本書に載せることにした。

くるしい言いわけもあり、じたばたしたそのあたりの見苦しさというのも、なかなかおもしろいのではないかと思う。

あまり、短い話というのは、ぼくは得意ではないのだが、しかし、相当の自信作というのも、なかなかにはちらほら混じっている。

恥かしいから、どれがどうだとは書かないよ。

最後に、簡単に触れておきたいのだが、本書の中の短い小品群を、ぼくは、ショートショートとは書かずに、掌編としたのだが、特別な意図があってそうしたのではなく、なんとなく、ショートショートと呼ぶよりは、この本の中の話は、掌編と呼んだ方がふさわしかろうと、ぼくが思ったからである。

文体や、ある雰囲気だけの積み重ねによって、できあがっている話も多く、とくにオチにこだわったというものは少ない。掌編としたのはそのあたりからきたものであろうと思うが、さっきも書いたが、ぼくにも、明確にショートショートと掌編とを区別するだけのものがあるわけではない。

気分である。

とにかく、今年もおしせまった。

この本が出るのは、来年の新春ということになろうが、このあとがきを書いているのは、まだ今年で、しかも十二月の北海道である。

いや、その北海道をゆっくりと離れつつあるところだ。

冬もよろしい。

雪もよろしい。

好きだ。

しかし、どの季節にいても、常に恋しいのは、次の季節である。

春よ、来い。

昭和六十二年十二月二十三日

青函連絡船にて――

夢枕　獏

解説——奇譚の系譜

大倉貴之

わたしにとって、陰陽師シリーズが人気の作者・夢枕獏は、デビューから現在まで、本としてまとまった小説作品は全部読んでいると断言できる数少ない作家の一人です。ここで「全作品を読んでいる」と勢いよく断言できないのは、掲載誌の都合等で連載途中でやむなくストップし、本として世に出ていない小説があるからなのですが、まあ、それは今後のお楽しみにするとして、作者には一〇年いや二〇年以上も書き続けている長篇小説が何作かありますが、ここでは本書を中心に作者の短篇に焦点を合わせて書いてみたいと思います。

小説を作品の長さによって、長篇・中篇・短篇と区別しますが、明確な定義があるわけでは無く、長篇は四〇〇字詰め原稿用紙でおよそ二五〇枚以上を、百枚前後の小説を中篇と呼ぶことが多いようです。作者は、ある短篇集の「あとがき」で二十五枚から六十枚程度を短篇と書いています。まあ異論もあるかと思いますが、おおむねこの前後の枚数で書かれたものをいうようです。これより少ない枚数であれば、ショートショートあるいは作者が本書の「あとがき」で書いているように掌編であり、作者はショートショートがオチの冴えを求めるジャンルと認識しているようで、オチに捕らわれないものを掌編と考えています。ただショートショートという名称が導入される以前は、短篇小説と掌編の区分はあいまいであったと言わざるを得ません。

作者の短篇作品は、独立した短篇と連作短篇のふたつに分けられます。

連作短篇は、デビュー直後（一九七〇年代後半）に発表した猫を連れた老人オルオラネが登場するオルオラネシリーズ、中国拳法の達人で巨漢の九十九乱蔵《つくもらんぞう》を主人公にした闇狩り師シリーズ、安倍晴明と源博雅が活躍する陰陽師シリーズのように、同一の主人公とその主人公が属する物語世界を描くものです。作者の連作短篇は、陰陽師シリーズの熱心な読者であれば、陰陽師シリーズに長篇『陰陽師　生成《なまな》り姫』があることをご存知でしょうし、闇狩り師シリーズも連作短篇から長篇へと移行していったシリーズです。この連作短篇シリーズから派生した長篇はキャラクター造形を確立した上で、短篇の容量では描き得ない心理描写を含めた様々なディテールを積み重ねてゆくことができますから、シリーズ作品の読者にとっては好きな主人公や物語世界をより深く楽しめるものとなります。

また作者には毎回登場人物は違っても、テーマに則った連作短篇もあります。「プロレス」や「釣り」をテーマにした短篇だけを収録した『仕事師たちの哀歌《エレジー》』や『鮎師』。賭け将棋の世界を描いた『風果つる街』がこれにあたります。

さて、作者による連作短篇以外のいわゆる独立した短篇小説および掌篇小説に話を移しましょう。作者の連作短篇集を除く短篇&掌篇集（以下、短篇集と表記）は発表順に並べると、

一九八〇年『遙かなる巨神』
一九八四年『悪夢喰らい』
一九八五年『悪夢展覧会』
一九八五年『半獣神』
一九八五年『魔獣館』
一九八七年『歓喜月の孔雀舞』
一九八八年『奇譚草子』※本書
一九九一年『鳥葬の山』
一九九一年『仰天・文学大系』（文庫化に際して『慶応四年のハラキリ』に改題）
二〇〇一年『ものいふ髑髏』

と、なります。この中で『半獣神』はデビュー前に書かれた作品が多く収録され少し毛色の変わった短篇集ですが、それを除外しても作者の短篇&掌篇の半分以上が九一年刊行の『鳥葬の山』および『仰天・文学大系』までに集中していることがわかります。つまり、作者のほとんどの短篇は八〇年代に書かれていることがわかります。これは当時は短篇&掌篇を掲載する小説誌が多かったことと、八三年に発表した『魔獣狩り 淫楽編』がベストセラーとなり、作者の初期短篇作品が集中して出版された時期が重なったのと同時に、作者の比重が前述した長篇と連作短篇シリーズに移行していった結果でしょう。

本書、『奇譚草子』は、一九八六年に発表された表題作「奇譚草子」を中心に、八〇年代前半に発表された短篇作品を集めた短篇集で、「奇譚草子」以外の短篇は、シッダールタ（若き日の仏陀）を描く二篇とファンタジーやサスペンス・スリラーで構成されています。これらは、いわば八〇年代の作者の他の短篇集と共通した傾向があり、モチーフとしての「山」や「仏教言語による宇宙認識」や「常ならぬ恋愛」など、この時期の作者の「好み」あるいは「指向」が色濃く反映されたものといっていいでしょう。世界を「ふたり」と「それ以外」に分かつ静けさに満ちた「ふたりの雪」などは、現時点で読んでも強い力のある短篇小説といえるでしょう。

本書の中でもっとも異彩を放っているのは、作者が友人達からの伝聞を基に書いたという体裁の「奇譚草子」です。これは作者による「口上」と、連載中に、読者から届いたとされる指摘などを繋ぎにして語られる二〇の掌篇によって構成された、ひとつの短篇小説と考えていいでしょう。

不思議な出来事を採集した奇譚集という体裁は、古くは『日本霊異記』や『今昔物語集』、江戸時代の成立とされる『百物語』など、本邦には長い伝統がありますが、わたしが「奇譚草子」を読んで連想したのは、根《ね》岸《ぎし》肥前《ひぜん》守《のかみ》鎮衛《やすもり》の『耳嚢《みみぶくろ》』でした。

『耳嚢』は全一〇巻。文化十一年（一八一四年）成立とされ、収録された奇譚は一〇〇〇話にもおよび、序文には佐渡奉行、勘定奉行、江戸町奉行を勤めた鎮衛が、「勤めのかたわら聞いて書き留めた」とあり、作者は、この「奇譚草子」で江戸時代の奇譚を集めた鎮衛の『耳嚢』の現代版を構想したのでは、と思われてなりません。

もっとも、江戸時代の高級官僚である鎮衛は自らが採集した奇譚に対して、

友人たちが、自分の体験（あるいは彼等の友人の体験）として話してくれた物語が、実はオリジナルではなく、もしかしたら、どこかで活字になっていたものである可能性も、ないわけではない

夢枕獏「奇譚草子」口上より

などという懸念をもつことは無かったでしょう。しかし鎮衛が採集したとされる一〇〇〇話にもおよぶ奇譚の内、いくつかは鎮衛の筆による創作であった可能性は否定できません。現代からみると、むしろ様々な奇譚を聴く内に鎮衛の裡に創作意欲が湧かない方が不自然な気がします。翻って現代に生きる奇想で名をなす作者です。読者は、この「奇譚草子」の作者口上や［読者からの指摘］とて、作者が読者をあざむくためにめぐらした巧妙な仕掛けで、すべてが作者の創作ではないか、少なくともいくつかは創作だろうと想像しますが、そうすると残るのは、真相はともかくとして、いくつかは作者の口上に該当する物語ということになります。

なんと、「奇譚草子」について考えてゆくと、ここでも作者の口上が有効に作用するというわけなのです。

ここで論旨が飛躍します。

『耳嚢』は奇譚集であることは間違いありませんが、見方を変えると同時代の都市伝説の収集書という位置付けもできます。これは『百物語』が実話の体裁をとりながら、明らかに創作怪談の集成であることと対比しての印象なのですが、どうでしょうか。

都市伝説については様々な研究がなされており、都市伝説を素材にした物語も数多く書かれています。ここで再度それらを比較して述べたり定義することはしませんが、都市伝説とは、その時代に生きる、あるいは少し前の時代に生きた人々の恐れやたくさんの暗い想念が、いったん地下に潜り、それらが混ざり合い、あたかも地下水がコンクリートで固められた地面から、地上へ滲み出てくるようなものなのではないでしょうか。

ここで、同時代の都市伝説をモチーフにした物語という切り口で眺めるならば、作者の陰陽師シリーズのいくつかは『日本霊異記』や『今昔物語集』などの古典に収録された奇譚（仏教説話を含む）を素材にして書かれています。これらの古典もまた平安時代という同時代の都市伝説をモチーフにした物語だといえないでしょうか。

作者が陰陽師シリーズを書き始めて間もなく、安倍晴明と源博雅の関係をアーサー・コナン・ドイル卿（一八五九—一九三〇）の生んだ名探偵、シャーロック・ホームズと、そのよき相棒である医師、ワトスンの関係になぞらえることにしたと「あとがき」やインタビューなどで述べていますが、合成による妖精写真を信じたコナン・ドイルが創作したホームズとワトスンが活躍するシリーズ作品のいくつか（「踊る人形」や「バスカビル家の犬」など）は、間違いなくビクトリア朝の倫敦において語られた都市伝説をモチーフにしたものなのです。つまり主要キャラクター造形の相似にとどまらず、その背景には時空を超えた都市伝説というモチーフが浮かび上がります。

シャーロック・ホームズの物語と作者の関連についてつづけるなら、最近おもしろい試みがなされましたので、紹介しておきます。演出・鴨下信一、語り・白石加代子のコンビによる舞台「百物語」をご存知でしょうか？　これは、江戸時代前期に流行した百物語怪談会に想を得た舞台で、古今の短篇作品を白石加代子が朗読しつつ演ずるというもので、新しい舞台芸術として評価が高まっています。その鴨下・白石コンビが最初に取り上げたのが「奇譚草子」の「ちょうちんが割れた話」と「二ねん三くみの夜のブランコの話」であり、最近、作者はこの「百物語」のためにシャーロック・ホームズが登場する新作短篇を書いています。タイトルは「踊るお人形」。夏目漱石が倫敦留学中にホームズと知り合っていたという設定で、漱石先生のもとに持ち込まれた謎の連続殺人事件を、ホームズが遥々《はるばる》来日して解決するというストーリーで、文楽の人形が事件を解く鍵になっている傑作短篇です。

作者の長年の読者としては、長篇の完結も待ち遠しいのですが、本書を読み返したことで、再び独立した短篇群を読みたいという欲求が高まりました。一九九一年の『仰天・文学大系』から二〇〇一年『ものいふ髑髏』までが一〇年空いていますが、次の短篇集がこれほどの期間を空けずに刊行されることを望みます。

（書評家）

単行本　一九八八年一月　講談社刊

文春文庫

奇《き》譚《たん》草《そう》子《し》

定価はカバーに
表示してあります

2004年 2 月10日　第 1 刷

著　者　夢《ゆめ》枕《まくら》　獏《ばく》

発行者　白川浩司

発行所　株式会社　文藝春秋

東京都千代田区紀尾井町 3-23　〒102-8008
TEL　03・3265・1211
文藝春秋ホームページ　http://www.bunshun.co.jp
文春ウェブ文庫　http://www.bunshunplaza.com

落丁、乱丁本は、お手数ですが小社営業部宛お送り下さい。送料小社負担でお取替致します。

印刷・凸版印刷　製本・加藤製本

Printed in Japan
ISBN4-16-752811-8

文春文庫

夢枕獏の本

（　）内は解説者。品切の節はご容赦下さい。

陰陽師《おんみょうじ》
夢枕獏

死霊、生霊、鬼などが人々の身近で跋扈した平安時代。陰陽師安倍晴明は従四位下ながら天皇の信任は厚い。親友の源博雅と組み、幻術を駆使して挑むこの世ならぬ難事件の数々。

ゆ-2-1

鳥葬の山
夢枕獏

チベットで鳥葬に立ち会ってからというもの、毎夜夢に現れる面妖な光景……。怪奇、幻想が広がる表題作ほか、「羊の宇宙」「渓流師」「超高層ハンティング」など七篇を収録。（中島らも）

ゆ-2-2

瑠璃《るり》の方船《はこぶね》
夢枕獏

いつも途方に暮れていた。就職、恋愛、小説修業……。どうしてうまくいかないのかなあ。懸命に未来への扉を押す僕と仲間たち。著者の体験がにじむ痛ましくも光にみちた青春の物語！

ゆ-2-3

陰陽師《おんみょうじ》 飛天《ひてん》ノ巻
夢枕獏

都を魔物から守れ。百鬼夜行の平安時代、風水術、幻術、占星術を駆使し、難敵に立ち向う安倍晴明。なんと中世の闇のこっけいで、おおらかなこと！　前人未到の異色伝奇ロマン。

ゆ-2-4

陰陽師《おんみょうじ》 付喪《つくも》神《がみ》ノ巻
夢枕獏

妖物の棲み処と化した平安京。魑魅魍魎何するものぞ。若き陰陽師・安倍晴明と盟友・源博雅は立ち上がる。胸のすく二人の冒険譚。ますます快調の伝奇ロマンシリーズ第三弾。（中沢新一）

ゆ-2-5

七人の安倍晴明
夢枕獏編著

老若男女を問わず、平成ニッポンにブームを巻き起こす陰陽師。高橋克彦、荒俣宏、澁澤龍彦、加門七海等八人が、小説、紀行、対談と様々な形で紡ぐ七つの安倍晴明の姿。ファン待望の一冊。

ゆ-2-6

（ ）内は解説者。品切の節はご容赦下さい。

明野照葉
輪（RINKAI）廻
義母との確執で離婚した香苗は、娘とともに実母のもとに帰る。やがて愛娘の体には痣や瘤ができ始める。「累」の恐怖を織り込んだ明野ホラーの原点。第7回松本清張賞受賞作。（髙山文彦）
あ-42-1

伊野上裕伸
火の壁
五度の火災で、そのたびに保険金を手にしてきた男と、保険調査員の息詰まる攻防。第十三回サントリーミステリー大賞読者賞及び日本リスクマネジメント学会文学賞受賞作。（田中辰巳）
い-41-1

井上夢人
もつれっぱなし
宇宙人も狼男も幽霊も絶対いないと思う方は是非ご一読を。作品全体が一組の男女の「せりふ」だけで構成された摩訶不思議な短篇集。「宇宙人の証明」など全六篇。（小森健太朗）
い-44-1

石田衣良
池袋ウエストゲートパーク
刺す少年、消える少女、潰し合うギャング団……命がけのストリートを軽やかに疾走する若者たちの現在を、クールに鮮烈に描いた大人気シリーズ第一弾。表題作の他三篇収録。（池上冬樹）
い-47-1

石田衣良
うつくしい子ども
九歳の少女が殺された。犯人は僕の弟！　なぜ、殺したんだろう。十三歳の弟の心の深部と真実を求め、兄は調査を始める。少年の孤独な闘いと成長を描く感動のミステリー。（村上貴史）
い-47-2

石田衣良
少年計数機
池袋ウエストゲートパークⅡ
他者を拒絶し、周囲の全てを数値化していく少年。主人公マコトは少年を巡り複雑に絡んだ事件に巻き込まれていく。大人気シリーズ第二弾、さらに鋭くクールな全四篇を収録。（北上次郎）
い-47-3

文春文庫

ミステリー

（　）内は解説者。品切の節はご容赦下さい。

石田衣良

波のうえの魔術師

謎の老投資家とプータロー青年のコンビが、預金量第三位の大都市銀行を相手に知力の限りを尽くし復讐に挑む。連続TVドラマ化された新世代の経済クライムサスペンス。（西上心太）

い-47-4

内田康夫

黄金の石橋

軽井沢のセンセの策略で、俳優・榎木孝明の依頼を受け、浅見光彦は鹿児島へ。榎木の母を恐喝する男が言う「金の石橋」とは？　絡み合った謎の背景には、哀しい過去が。（自作解説＋榎木孝明）

う-14-1

内田康夫

氷雪の殺人

利尻島で一人の男が変死を遂げ、浅見光彦に謎のメッセージと一枚のCDが託される。事件の背後に蠢《うごめ》く謀略を追う光彦と兄・陽一郎の前に巨大な「国」の姿が立ち現れてくる。（自作解説）

う-14-2

逢坂剛

水中眼鏡《ゴーグル》の女

精神科医の前に現れた女は黒く塗った水中眼鏡を決して取らなかった。瞼を開くと激痛が走るという。他に心理の暗がりを衝く「ペンテジレアの叫び」「悪魔の耳」を収める。（戸川安宣）

お-13-1

逢坂剛

燃える地の果てに（上下）

最後の一基が見つからない！　南スペイン上空で核を搭載した米軍機が炎上。消えた核兵器は誰の手に？　スパイはどこに？　過去と現在、二つの物語が衝撃的に融合する名品。（木田元）

お-13-2

逢坂剛

デズデモーナの不貞

池袋のバー〈まりえ〉に集う客は、男も女もとんでもない奴ばかり。さえない元刑事が渋々ひきうけた人妻の素行調査。ああ、こんなことなら……。笑いと戦慄に満ちた超サイコ・ミステリ集。

お-13-4

文春文庫

ミステリー

（　）内は解説者。品切の節はご容赦下さい。

幻の祭典
逢坂剛
ヒトラーなど糞くらえ！　'36年、ベルリン五輪に対抗し、水面下で企てられたバルセロナの人民五輪。この「幻」を掘り起す日本人がスペイン現代史の闇に迷い込む。魅惑のサスペンス。
お-13-5

禿鷹の夜
逢坂剛
ヤクザにたかり、弱きはくじく史上最悪の刑事・禿富鷹秋――通称ハゲタカは神宮署の放し飼い。だが、恋人を奪った南米マフィアだけは許さない。本邦初の警察暗黒小説。（西上心太）
お-13-6

斜影はるかな国
逢坂剛
スペイン内戦中に日本人義勇兵がいた。通信社記者の龍門はその足跡を追うべく現地に飛ぶが、その裏には――。スペインの過去と現代を舞台に描く、壮大な冒険ミステリー。（堀越千秋）
お-13-7

冤罪者
折原一
ひとつの新証言で〝連続暴行殺人魔〟河原輝男の控訴審は混迷していく。さらにそれが新たな惨劇の幕開けとなって……。逆転また逆転、冤罪事件の闇を描く傑作推理。（千街晶之）
お-26-1

失踪者
折原一
女たちが次々と消えてゆく……。連続誘拐事件の被害者の腐乱死体が見つかった物置の裏手から十五年前の白骨死体が。真犯人は少年Aなのか？　折原マジック全開の九百枚！（西上心太）
お-26-2

誘拐者
折原一
一枚の写真が男と女の運命を狂わせる。「私の赤ちゃんは、いま、どこにいるの？」。逃げる男と復讐する女の、追跡また追跡、逆転また逆転！　折原マジック超全開！（小池啓介）
お-26-3

（　）内は解説者。品切の節はご容赦下さい。

夏のロケット
川端裕人

元火星マニアの新聞記者がミサイル爆発事件を追ううち遭遇する高校天文部の仲間。秘密の町工場で彼らは何をしているのか。ライトミステリーで描かれた大人の冒険小説。（小谷真理）

か-28-1

リスクテイカー
川端裕人

ビジネス・スクールを卒業した三人の若者が、N.Y.でヘッジファンドを旗揚げした。最先端の経済物理学を駆使して、国際為替相場に仕掛けたスリリングな「マネーゲーム」！（恩田陸）

か-28-2

午前三時のルースター
垣根涼介

旅行代理店勤務の長瀬は、得意先の社長に孫のベトナム行きの付き添いを依頼される。少年の本当の目的は失踪した父親を探すことだった。サントリーミステリー大賞受賞作。（川端裕人）

か-30-1

螺旋階段のアリス
加納朋子

脱サラして憧れの私立探偵へ転身した筈が、事務所で暇を持て余している仁木の前に現れた美少女・安梨沙《ありさ》。人々の心模様を「アリス」のキャラクターに託して描く七つの物語。（柄刀一）

か-33-1

水に眠る
北村薫

同僚への秘めた想い、途切れてしまった父娘の愛、義兄妹の許されぬ感情……。人の数だけ、愛はある。短篇ミステリーの名手が挑む十篇の愛の物語。山口雅也ら十一人による豪華解説付き。

き-17-1

真夏の葬列
北方謙三

二人の青年が死んだ女の故郷の海をめざしてひたすらに車を走らせる。愚かな、不条理とさえいえる行為、それが青春である。男の友情を描くハードボイルド長篇。（岡庭昇）

き-7-1

（　）内は解説者。品切の節はご容赦下さい。

やがて冬が終れば
北方謙三
獣はいるのか。ほんとうに、自分の内部で生き続けてきたのか。私自身が獣だった。昔はそうだった。私の内部の獣が私になり、私が獣になっていた。ハードロマン衝撃作。（生江有二）
き-7-2

一日だけの狼
北方謙三
ひたすら人の心の荒野へ向う写真家のファインダーに人生の何が映し出されるのか。一瞬のシャッターに賭けた男の過去の傷を抒情豊かに描きあげた新境地を拓く連作短篇集。（今野敏）
き-7-3

二月二日ホテル
北方謙三
過去にこだわりながらシャッターを押し続けるカメラマンの眼に、無彩色に映る人生のアラベスク。男に、安らぎの場所はあるのか。望月カメラマンシリーズ、第二弾！（坂東齢人）
き-7-4

わが叫び遠く
北方謙三
貨物船の横転事故で電子機器の不正輸出が発覚。身代わりとして実刑判決を受けた出向社員和田はその屈辱を武器に凄まじい復讐に燃えた。ハードボイルドの傑作長篇小説。（細谷正充）
き-7-5

ファイアボール・ブルース
桐野夏生
女にも荒ぶる魂がある。闘いたい本能がある。「ファイアボール」と呼ばれる女子プロレスラー・火渡抄子と付き人の近田がプロレス界に渦巻く陰謀に立ち向かう長篇ミステリー。（鷺沢萠）
き-19-1

水の眠り　灰の夢
桐野夏生
昭和三十八年、連続爆弾魔草加次郎を追う記者・村野に女子高生殺しの嫌疑が。高度成長期を駆け抜ける激動の東京を舞台に、トップ屋の執念が追いつめたおぞましい真実。（井家上隆幸）
き-19-2

（　）内は解説者。品切の節はご容赦下さい。

錆《さ》びる心
桐野夏生

劇作家にファンレターを送り続ける生物教師。十年間堪え忍んだ夫との生活を捨て家政婦になった主婦。出口を塞がれた感情はいつしか狂気と幻へ。魂の孤独を抉《えぐ》る小説集。（中条省平）

き-19-3

ファイアボール・ブルース2
桐野夏生

女子プロレス界きっての強者・火渡。彼女に憧れ、付き人になった近田。同期の活躍を前に限界を感じる近田のケジメのつけ方とは。人気シリーズの連作短篇を集めた文庫オリジナル。

き-19-4

闇色《あんしょく》のソプラノ
北森鴻

夭折した童謡詩人・樹来たか子の「秋ノ聲」の〈しゃぼろん、しゃぼろん〉という不思議な擬音の正体は？　神無き地・遠誉《とよ》野《の》で戦慄の殺人事件が幕を開ける。長篇本格推理。（西上心太）

き-21-1

顔のない男
北森鴻

惨殺死体で発見された空木《うつき》精作は、交友関係が皆無の〈顔のない男〉だった。彼が残したノートを調べる二人の刑事は新たな事件に遭遇する。空木は一体何者だったのか？（二階堂黎人）

き-21-2

封印
黒川博行

大阪中のヤクザが政治家をも巻き込んで探している〝物〟とは何なのか。事件に巻き込まれた元ボクサーの釘師・酒井は、恩人の失踪を機に立ち上がった。長篇ハードボイルド。（酒井弘樹）

く-9-4

カウント・プラン
黒川博行

物を数えずにいられない計算症に、色彩フェチ…その執着が妄念に変わる時、事件は起こる。変わった性癖の人々に現代を映す異色のミステリ五篇。日本推理作家協会賞受賞。（東野圭吾）

く-9-5